唯思念

倖免

洪書勤

輯前　逆時計　9

輯一・離岸的，都將如願抵達

祖裎　29
天意　30
獨坐　35
出口　37
自由　40
王座　42
漁汛　45
清明　47
在我的呼吸裏　51
考古　55

大醉 58

吞聲 61

九問 64

回來——再別金門 67

輯二・時間即牢獄

瞄停——記不射擊訓練的日常 72

末日 74

問答 76

你好,陌生人 78

廚間 80

大暑 82

妖怪 84

數息——給尚未名為悉達多者 88

搶孤 91

劫 93

大雪 96

乘願 98

邊防有佛——題借劉玉章上將贈金門太武山海印寺匾 101

臣服 103

彼岸 106

輯三・世界一新即舊

俟苗 110

在疫中 113

如果，一台冰箱 116

默契 118

夢話 121

抾捔——兼憶集集大震，時在烏日 123

拂拭 125

乾杯 127

客 128

過街——年初三，兼致瘂弦〈船中之鼠〉及〈深淵〉 133

咕咕，咕咕——詩懷辛鬱 136

大霧 139

山中探父 143

藥懺 148

輯四・唯思念倖免

禱詞 152

我們安靜對話的時刻 153

命案 157

家庭作業 159
月食 162
我沒有把握 164
倖免 168
對影 170
傘下 176
射術 180
刺槍術 183
冬至 185
朝潮——記某個往成功沙灘漫步的秋晨 187
如晤 189
成為——春寒，在山外 192

跋　意識、線索與真實——《唯思念倖免》讀後　汪啟疆 198

輯前　逆時計

D-9 DAY

毋須再想還要多說些什麼，或許即是投降於事實、誠實於自己的開始。總有些話得緊緊壓制在心底，下輩子才有機會成為誰無名指上光彩奪目的那顆鑽石，否則不過就像是起了瓶蓋的可樂，洩無餘氣，便只甜膩難忍，更無其它。

而那同時也代表著一件事：無論今夕何夕、此地是海角抑是天

涯，倘若駝鈴又在耳邊響起，倘若整隊緩步前行的馱獸已在遠遠的前方進入雲霧，倘若漫天的飛砂在嚴冬中遍尋不著一片雪花，那麼，我心中的旅程應當尚未絕畢，我未必吐露之詩句也終可苟活如凡人，縱逸契闊，至少徒歷死生。可即便一如塵埃，它們仍舊存在，它們仍將覆蓋停止呼吸的時光，直至它們直接成為時光本身。

所以，我又何必禁絕自己的卑微、抹除自己的激越？就算它們紛紛只為某些莫名其妙的因由而彈指即滅，但無非不如暴雨夜中的雷鳴電擊，只為引吭呼喚下一回清朗安適、或更曲折離奇的明日。而哪一扇窗願意映照所有星圖月譜？我不曉得。可我知道，旅程還在繼續。抄襲昨日的雲也好，歸併此刻之途也罷，行走的，都是我，也都不是我；都是你，也都不是你。

D-8 DAY

各種怪異的夢像是極地渦旋,讓溫暖如南方島嶼隨微風吹拂的棚葉凍成魚骨,持續在通往春日的食道中梗塞穿刺。是誰住在深海的大鳳梨裏?三百年前遭逢海難而成為縱橫四海、足稱幽靈船鬼雄的飛行荷蘭人,佐了臭襪子而滿足地晚餐後,又將摔毀再一座六分儀,選擇哪一片沒有日光的海域,作為世界盡頭?派大星或許明白,但在其畫寢未醒的眼中,頂上的大石頭外儼然即是。

清晨五時許因渴回魂。放了盆熱水,在鏡前將幾日未理的頭髮細細刮除。披上外套到郵局開啟另一世界的入口,仍無異獸或預言待此扭轉命主江河日下的拖棚劇情。順帶領足鈔券備換新品,紅包袋早嗷嗷待哺。回頭辦公,前夜被灌倒的部屬尚無行為能力,下定決心俟人員補實後著即撤換。現實與想像毫無意外不在同一片大陸,時區與海

拔自無理由可輕描淡寫地被燒餅一夾,便偕青翠年華盡落腹中。

我厭倦面目可憎的自己。愛情令人狹隘,沒有雙眼皮也至少期許瞳眸清亮有神,乾眼症的我向與放大片無緣,只能靠潮汐往返看盡又一個年歲。

D-7 DAY

螺絲起子旋開了心臟,我在宿舍的書桌上大部分解了它。扳機、護弓、保險、槍機、槍管、撞針、表尺和瞄準器總成。它曾是歸零射擊後便與我在職場、日常生活與情感中一同衝鋒陷陣的絕佳奧援,無後座力,擊發幾乎無聲,只在深夜時偶爾搥打胸口,提醒我,一切還

正在進行：這是場不會結束的演習，或遊戲，或血流成河的戰役。

我看著它，捧著它，輕輕為它擦拭、上油。膛線中有彈頭高速旋轉過的痕跡，錚亮卻容易鏽麻。我來回輕撫它，它在殺死一個人之際往往亦將我一併帶走，可並未在下一刻那人復活之際引我回家。漸漸地，只有火藥味沾染上了我的靈魂；而我的覺知，早已超越射程去了很遠很遠的地方，在異鄉繼續生存和愛恨。

終於我還是放下了它，將螺絲旋緊，置它於明顯處，但不使人輕易觸碰。許多夜間它背我而去，可必有群起飛舞的鴿子將晨光負來，告訴我，橙汁毋須太濃，在冰冽透明的液體中，至少有滴熱騰騰的眼淚，還正沉靜有力地不斷搏動。

D-6 DAY

上帝在此日完成這世界所有創造。太陽、月亮和星辰依序升落,山川大地歷歷分明,禽飛獸奔,蓬勃繁衍。亞當被抽出的肋骨,如今已在池邊垂下長髮,縷縷洗滌。他走近她,兩人一同看著池中的倒影,蜻蜓飛竄,天空泛起陣陣漣漪;而薔薇花瓣證明風曾路過,亞當仍然沒能憶起他將在未來的某一刻成為猛虎,於汪洋中和一個不知名的青年再次見證圓周率無可止息的奧祕,深淵如瞳孔。

連續幾個千年的夜晚,他都嘗試讓自己喝醉。冷氣團走過門口,以酒氣作為逾越的證明,他僥倖活在廢墟之中,祝禱整個流域的油菜花提前怒放。他仍在尋找那截被抽出的肋骨,所有的語言在足跡前都失去光輝。

他坐下來休息。天使們總這樣飛過,在沉默的時刻。

D-5 DAY

有人用哨音召喚爭相成為地上王者之人,也有人丈量足下之水,以為海洋深度不過如此。此地人群已習於大順,正與反、黑與白、存與無,俱不妨礙他們吃睡,亦無損於善惡渾濁──夏蟲既可語冰,為人母者再也不翻牆慌逃;多聞之友皆巧言令色,直諒之朋亦非誠慎恂謹,千夫亂指,百口胡言,猜不透也。

萬里之外,有人則在額上書寫文字。不見得便於識別,然確有助於深化對未知力量之敬畏。誰讓亡者僵直騰起而又乖順如羔?誰獵

捕女巫卻執迷於塗滿嬰油之飛帚？是誰高聲呼喊有主唯一，卻鬻券赦罪？而又是誰洗劫整座湖水，只為投身成空？

無猜不限兩小，情願未必一廂。地雷還埋在遙遠的邊境，百年兵燹並未干擾它的禪修。終有一日，它將自行觸發引信，只因沒有任何腳步在拔地卓起的峰巔之上，向它悄聲耳語：如何以爆炸，誕生另一個宇宙。

D-4 DAY

鎖鏈尚未斬斷，斑馬線般躺在你每天回家都要經過的路口。公車從不同的地方駛離，途中拖網似豐收每一條游進謀生之道的靈魂，並

到達不一樣的港口。但漁人叫賣，漁人刮鱗，漁人日復一日品評他所經手的鰓，眼睛，與尾鰭的色澤。我們日日斷尾求生，卻又從漁人手中買回自己，用文字或影像片片分解，煎煮炒炸，快涮慢燉，務使美味，務使過了午夜，馬車不再由老鼠拖成南瓜。玻璃鞋自此尺寸自由，任君入戲。

流星雨之夜，我們祈禱撿到鑽石，可視線盡頭往往模糊難辨，與拿下眼鏡後的任何一處淋浴間毫無不同。鑽石會折射我們曾經的歌聲嗎？還是在映照不可言說的心思時，同時也被高壓成毫無雜質的堅硬內部？它將成為哪一位神祇頸間或指上的飾品，並受哪些福報仍未享盡的歡娛天人誇讚欣羨？我們同樣走向衰敗，著境不捨，身光微暗，一轉身，風沙千里。

最終我們屈指成算，再不聽信聞後任何心生悅樂的言語。岱宗如

何?萬山又如何?身虛眼瞬,唯有一張明信片,不斷不斷在颱風中心微微發光,繼續構築它永恆的王座。

D-3 DAY

我們曾以青春之血祝聖認證的四方諸侯,此時都向中央朝拜。它是空虛,它是黑暗中窗邊一閃即逝的倒影,它是清醒,在醉況與睡眠國境之間短短的洞見,它是跋涉萬水千山沒有鞋襪的雙足,也是無法被完整敘述、所有年歲內愛之卑微與恨之不群。它曾經在夢中引我前往山寨的極樂世界,亦曾乾脆地承認自己純粹是一座斑駁頹圮的磚牆,等人拾起生命的碎片,在地面畫上跳房子方格,或者,任風繼續刮除雨季長出的青色鬍碴。

東方三聖帶來黃金、乳香與沒藥。紅海在許久之前被分開,終有人抵達了充滿了奶和蜜的迦南地,並在往後實現了眾王之王誕生的預言;西方三聖則帶給我一段柳枝、任意門與時光布,以防缺貨。我們從不欠某人的禮敬,只是少了桌前某人再度舉起酒杯,恭謹地囁嚅:謝謝您指教,可我天生神力啊。

上下是宇,四方為宙。誰在深夜敲打銅牆鐵壁,不容所有砂石車就此沉睡?誰在沒有黎明的黑夜蒙上雙眼,臆度日光如何被消費成無言的對價?錯字拾不盡,新聞吹又生。充滿血絲的雙瞳啊,世界並還沒有我們所想像地乾燥宜行,只是汝須切記:寫,並永遠相信,勇氣與蠢萌如同行板,總有誰詛咒它⋯被抄襲,且必要。

D-2 DAY

黎明準時派發垃圾車收取每個人在夜裏廢棄的大型夢想，運往時間的再生工廠。有人將椅腳卸裝為爪，以便彈撥遠山的稜線；有人將櫥櫃重新貼皮，以為門後的世界便會煥然一新；有人則將一屋子藏書放生：它們振翅飛起，滿天的文字雪花般落下，預備覆蓋下一個新年。

我們慣居北半球，習於在無數個樣貌相似的城鎮中圍捕手腳冰冷的年獸。可看不見的十字星卻恆常將牠們引往遠古的南極大陸，那裏曾有暴雨和蕨類，潔白沙岸與溫柔低吟的細浪。年獸們總愛在潮間帶留下長長的蹄跡，以為夏天將可被挽留似地更依依不捨；而今，初雪大降，所有行人寧可相信，即便家門在望，曾被刪節的種種回憶仍夾雜飛舞，將要沾溼誰的領口。

空空的酒瓶透著光,便是我的路燈。年獸終於隨和地買了仙女棒和銀樹開花,與巷弄中的鄰家兒童們一起驅趕牠自己。所有人都將在歸鄉路上覓見牠,扶起牠,同牠喝上一口酒,慶祝牠的造訪。歡烈的炮仗總是最沉默,年獸輕輕地跨越每個人的夢,帶走驚慌和針筒,終於,大家能夠無比安心地罹患末期清醒,同時不知不覺地又失去另一台、鮮黃飽滿的垃圾車。

D-1 DAY

我閉起一隻眼睛,看島嶼失速墜落大洋之中。日光總習慣在遠處看著海浪輕描淡寫又一次掀翻整座大陸,草原、峽谷、橋梁、鐘塔和火車月台,都在最深的海溝中靜止。我們曾在蛋殼上躍跑自如,忽略

過度搖晃致使它成為一個大混蛋的可能性：彷若在星系的忘年宴中豪氣萬千地舉杯而盡，讓不同產地不同濃度不同顏色的唯一酒精迷惑它的公轉途徑、自轉速率，惘然地看著衛星若即若離，並反胃吐出所有的文明。自尊與愛，驕傲與卑微，俱崩解往無邊無盡的太空中高速飛去，再不相見。

我又閉起另一隻眼睛。裝備銳利鐵鉤的船長揮刀向我砍來，我從沒發現自己的老花度數如此深厚。頭顱已不再少年，報紙上所有消息也都斑駁零落，海賊們只願意含著巧克力與一小口威士忌緩慢地進行一下午的牌局。快刀向不見血，那倘若慢慢地鋸呢？虎克你這是要玩死我啊。鬍子不翹小妞不愛，對鏡子練習說一萬遍我愛妳，不過頭點地，為何你仍執意在每一次劫掠後吹著口哨，摸索著刮除自己的頭髮與鬍根，並仿效著某個瞭悉輪迴所有奧祕的王子，給自己起了個名，是多多綠？還是綠茶多？

想必悉達多並不排斥微糖去冰的綠茶多。早在祂還是一隻鴿子時，就已遍知羽毛上一滴雨珠飄落大地、蒸騰成雲的所有身世。那些逼近的誘惑、眼前的歡愛，都成為菩提葉上的脈絡，風若來了，就輕輕成一首歌。司書與夢讀不再記得那旋律，羊男則將它撒在剛炸好的甜甜圈上，只送不賣。行走水上之人不需要輪船，乘著飛毯的故事不需要轉機，未養狗的主人不需要關門，而我們都不需要再先嚇唬或承諾誰了，閉上雙眼即是黑洞，總有人的心略小於芥子，或肚腩略大於整座須彌山。

最終有人預言雞鳴前我將三次不認她。她打了我的右臉，卻不再打我左臉；五個餅早已吃完，兩條魚長出更多的刺。染血的命運之矛啊，請刺穿我，我將不致因肋骨丟失而更顯憂傷；而記憶中微笑一抹的酒窩，即為我永世痛飲之杯。

D DAY

神說有光,就有了光。我笑著在紙片上寫下壓歲錢三字,神沒有回答,只指了指我褲後口袋中鼓起的皮夾。像是掏槍般取出它,鈔票無幾,倒都是這三兩天的信用卡簽單與統一發票。我看看神,神也看著我,總有誰會先笑出來的,我想,可祂不再微笑,不再說話,不再為任何人在石碑刻下律法,也不再戴上荊冠,治癒我日夜守護、天平上的那隻鴿子。

鴿子問我,你願割肉,代我置於利爪鷹喙之下嗎?我站上體重計,鷹搖了搖頭,表示太不稱頭。我想起多年以前,一隻不曉得為何在天庭馬廄中打雜的猴子曾對我說:「地球是很危險的,你還是趕快回火星去吧!」而今地球在手機螢幕中運行,馬廄則通常開設在市郊的省道旁;恆常有人激烈爭論火星運河是否存在,卻仍鴕鳥般埋頭相信海

豚一定會轉彎。終於,我咬牙一刀卸下了右臂。一時天降花雨、異香陣陣,諸菩薩、阿羅漢與天龍八部等盡皆合十讚歎:歲月,真乃好殺豬刀!

神說殺豬,便有豬引頸就戮,便有江山無數好漢競相折腰磨刀,埋鍋燒水。橫刀向天笑者眾,去肝留膽嘗不皺眉猶言志如崑崙者,稀矣。我凝視著欲下之刀,鷹凝視著引頸之我;好漢凝視著振翅之鷹,神凝視著鍋內煮沸了的水,說,年夜飯呢?

於是花火漫天飛散,罐頭簡訊年年更高於巴比倫塔。貓叼著魚自暗巷內走過,我自刀下又寄存了一條豬。沒有人清楚這世界究竟如何有光,可我明白:你說了算。

輯一
離岸的,都將如願抵達

輯一
離岸的，都將如願抵達

祖裎

緊裹著我的衣服昨天你才穿過
今日之死卻已將我一路送進明天
你愛我，或不
宇宙都遼闊地
躲在每一個你曾打開的衣櫥

原載於《乾坤詩刊》第 95 期，2020 年 7 月。

天意

雨神坐在地鐵上看我
暴風塗鴉天空　人造衛星蒼蠅般迴繞
祂小心將角取下
收妥　公事包稍嫌窄小
這是個不討好的差事哪　所有的雲
都吵著要糖吃　可家鄉偏只盛產鹽
抽了口菸　祂說

杜斯妥也夫斯基與嬤嬤都
沒有看過的鹽。潔白如散落在榆樹下的腿骨
黑夜張開嘴　裹腳帶搖搖欲墜
作為一枚門齒　它截斷太多不為人知的往事
例如屠殺　地震　以及沒有答案的
無知與愛

輯一
離岸的,都將如願抵達

他們本毋須相識
無知乃人類最大福利。晨報頭條後
祂遞來一小包　囑咐加入麥片則更
別具風味　身旁雷公正祕密兜售前朝
八卦新聞及打火機　不忘細碎怨懟
普羅米修斯遲不讓渡經營特許。
溼背秀與夢想濃度加倍　夜店中男女熱舞擁吻
還原汗與淚,包裝　打印　販售
供遠離前線與祈禱之諸神
瘋狂迷幻

因為歡愛　因為緊密交纏　那些尖銳一閃
即逝　而成慢吞吞的永恆。自此我等重返天家
打牌聽戲提籠架鳥　偶爾也一下午

讀書練字摩娑幾方大千世界　一鈴落
血色便又標記幾次災禍
幾回只剩糖屑的陰謀

凡陰謀終須嚴寒　以便披覆浴巾
再尋幾眼溫泉　讓冬日安心耽溺　順手也
煮幾枚多汁的星球。仔細去殼
就是無瑕的來春　布滿霉斑和綠意
權充神諭令百花與植被臣服
為我繫滿繪馬　花圈　戈迪安之結

神殿如旅店　我們當歸返何處？
沿途火與針無一不在
喉間堆疊更多謊言　可又詰疑

輯一
離岸的,都將如願抵達

每一扇門之厚度:如何開鑿歡呼
便有了光?又當依何形象造人
卻又沖泡苦難而為翌日晨起另一杯
濃燙失衡的咖啡?
真理既可投資　期末何妨收獲
墨跡淡薄的債權憑證
混入天色　似有雨意

於是雲喋語　散去不只黎明。
雨神們戴起角　繞著哭牆靜靜呢喃
設若我等失斧於泉　設若我等食魂如蟻,
設若我等周身永夜　設若我等親見天火——
設若,設若我等
返還一場不醒的夢境

閃電與鷹永未飽食

雨神坐在地鐵上看我。嬤嬤雷公與杜斯妥也夫斯基
正一起吃糖　有人睡著了而某些低頭
繼續指劃花色相同的方塊與時間
菸味原是家鄉　由遠而近
盡數收攝你我在漸短的菸頭
鹽柱依舊潔白
吸口氣
便有一丁點兒永恆之光

原載於《野薑花詩集》第 16 期，2016 年 3 月；選入《野薑花五周年詩選》，千朔主編，野薑花詩學出版社，高雄市，2017 年 2 月。

輯一
離岸的,都將如願抵達

獨坐

折疊身體
影子切分音般沿著我
敲擊萬象

沒有一種形式既定
聲音無限次升起
反覆　溫柔　透明

迴轉再迴轉
可眼神吞沒什麼而空洞?

流言繼續散落
沉默支撐整個世界

所有黑暗
都在逐戮確認
現實與夢境是否仍然死透

看著上一刻並肩的我
彼岸緩緩剝離自己

遠方是沿路
遺落而吹散的皮屑

1998 年 11 月初稿，2020 年 8 月定稿；原載於《野薑花詩集》第 35 期，2021 年元月。

輯一
離岸的,都將如願抵達

出口

是手掌虛構這裏
用嘴脣剪貼世界
像謀策一場無聲的叛變
額頭咳嗽意志　耳朵埋藏
由舌中蹀踱良知
尋覓頂點

以方向悖逆方向
讓頭顱在胸口低垂、枯乾、陷落。
柔軟且沉默地虔敬吧　向世界
掌摑自己以微笑　致意以爭執
為遺失文法的正直點火
用可及的眼神阻絕欺瞞
為彼此加冕光圈

旅程不由鞋帶形色賦予
然繫上注定分離
流亡與流沙默契放逐
沿途數算願望殘缺幾處
預言便否准蒙赦幾度
困厄總挺拔而善變
滅黯燈燭 誰以沉默定義暗室？

暗室中所有 都同樣深邃
念頭死去而得復活
無一不以各種角度閃擊邊境
嘆息何能隱喻破曉？
謊言磨礪如鏡 大川沖刷命運
眾生仍在苦苦拼貼

輯一
離岸的，都將如願抵達

自己掌中碎裂的版圖
不如便推啟吧，推啟。
朝背叛狠狠丟擲假設
打翻天空便能傾洩滂沱字語
總得學習垂晾自己
風乾未知的末日
習以隔夜囈語佐食虛度的空白
而美好的斜度將緩緩擴散
遺忘重量恰是深淵起點
投放你我　存有其中
望穿其中

2020 年 12 月 14 日定稿；原載於《野薑花詩集》第 36 期，2021 年 3 月。

自由

把影子細細掘起
像是切除勃發而茂盛的瘤
痛且認真,不求止
不求任何可見聞的預兆

本當逃,須快
將連縣路燈拋出景深,撞來的
亦必然都是流星
瞬燃孤獨 習於耽迷
以生活之名順服
而以慣性擊墜
一切無可名狀之物

但懷疑是金,蒙塵

輯一
離岸的，都將如願抵達

任酒澆熔每一把火鉗
鼓起風　請以人身投爐
彼彼落埃中翻找
通過萬物而無條件投降
扭曲的光

宣誓誠實無與倫比
信仰時間可逆
為影子嚴肅遁埋自己
歸途漫長，必須遊蕩
痛正安靜布滿
漣漪般宇宙

註：「歸途漫長」乙節，出於詩人楊智傑 2023 年楊牧詩獎受獎詞，原句為「歸途漫長，保持遊蕩」。
2023 年 3 月 18 日定稿；原載於《野薑花詩集》第 45 期，2023 年 6 月。

王座

割下我的頭顱吧。拋出去
像是雲將天空摔落在水坑　於是
短暫時刻裏我們有了整個銀河系
爆炸再一次註記於少年摺起的過長褲腳上
讓母親擰著耳朵　敲著額頭
確認叮嚀尚未風乾
所有行星記憶的航跡　都還在
微熱的便當盒裏

用彩券中獎次數決定革命無疑是
荒謬的　沙發漂浮　月光藤壺般攀爬
吸附著將死的每一分鐘
是啊　就是它　永恆之王座──
黑暗中總得有台電視機竟夜

輯一
離岸的，都將如願抵達

發表勝利演說　總得有幾顆足球靜靜
泊錨　在另一扇窗外的小學操場
總得有幾塊滑順的磁磚
平貼在地面
臣服於我　與愛

像頭顱那樣割下麥穗　風將血痕捲上高空
讓閃電敲擊怨懟
誰睜大眼睛預言覆滅？誰交易自己雙腿
讓時間繼續跋涉不存在的天涯？
有人以夢餵養清醒　有人則翻轉沙漏
數算清醒在縫隙　冒芽暴長為天梯的機率
但我們實在不值得神奇的。
黃狗還坐在巷口　等著舔舔

下班後緊握生活與食物的那隻手
但那已是至幸。當世界同時停電
是你親手捧起我頭顱
以吻引爆一滴停止的
淚水　席捲任何典籍所能記載
想像的空間
讓我稱王　在街角
在磨損的鍵盤與沙發

2013 年 3 月 31 日定稿；原載於《野薑花詩集》第 21 期，2017 年 8 月。

輯一
離岸的,都將如願抵達

漁汛

解纜前　痛飲高粱
不在意濃度與來歷
任航程縮聚為點
直到時間收繳所有氧氣
潛入沉默

令猜疑泊錨於此
將岸際收向海平線
浪是一張張狂奔的弓
箭矢般密布而下
神的唾沫

湮遠比死更迫更重
已是星球之至深

一個個遲疑不明的逗號仍悄悄照探

浮游沉雪　海泥深厚

活著　夢須扁薄且透明

潮汐還不及刪節至世界盡頭

但凡不得言說無可形塑者

臨水皆能複製；然觸方知

等待必是荒餓巨鯨騰空而起

永不墜落

2021年11月14日定稿；原載於《乾坤詩刊》第102期，2022年4月。

清明

此刻胃隱隱作痛　我卻又感知
一個理光了頭髮的季節將要到來。天雨如草
瞬時遍野苔青　往事曾滑倒過嗎？
整片墓場都是遊樂園　碑文讓我們認識
人群之中的寧靜莫如此間：姓名叢聚而任意斜臥
無聲　獨一無二的作品藏身於地
捉迷藏呀跳房子　它們棲息在我的肩上
慢慢讓我和絕版的生命相觸

雷響了　蟄伏的回憶就會出現吧。
此生又成為誰的食物？蜈蚣啊，鎖鏈
併同你穿越倒影　水邊
百合花還正貪戀自己的容顏
天色將睡未睡　山風步向河海

露珠灑成滿片星空
但我們諱莫如深　眼神緊緊縛在
神祇尚未取火的那一刻

可以有溫暖嗎？還是啄食過的心臟
仍足將地球與神話都震出一道道裂縫
讓卑微的驕傲　倒下的矗立
讓未來生出更多如火的死亡？
少女啊　黃紙記下石頭重量了嗎？
竹籃空無一物　只有撕碎的煙嵐
負我滿山隨風　遠望又望

斷魂人走著　經文內頁就更破損一些　泥濘
一些　每步都印上

輯一
離岸的，都將如願抵達

花朵的前世　那些膏土封住口鼻
便可讓春雷為我們在永恆描金
笛聲與掃墓隊伍一路刪節　至酒家句點。
我們的影子都叫杏花沾溼了而
哭泣的情節呵　牧童遙指——
點亮手機　將我們同死亡一年一度的歡聚
全球定位

墳壙與娃娃車內若有傍晚輕微的鼾息
起身道別自然不過。灰末飛升撩撥雲層
群峰便遠遠將雨幕打向你我
隨故事與酒滲入地表　醉意辣了喉
睡眠也就循例恆常溫潤如新
明年諸神還賴床嗎？

唯思念倖免

大夢中你起身
搖搖我肩，便喚醒我
周身蟲蟻竄動的血流
匯聚於此　分流於此
道別般自然

發表於第四屆臺東詩歌節，2015年6月；
選入《台灣當代詩選》，龍青主編，新世紀出版社，美國紐約市，2018年1月；
選入《台灣1970世代詩人詩選集》，陳皓、楊宗翰主編，小雅文創，臺北市，2018年11月。

在我的呼吸裏

我的呼吸裏沒有任何空氣
當夜晚逐漸稀薄為黎明
所有宣告遙遠而真空
胸腔中大氣層緩慢擠壓
整座城市樂透般鼓譟
許多人目視蝴蝶螢綠自黑暗中誕生
滿是自幼報失卻懸而未結的靈魂
時間是岩石　傾瀉般
湧滅生活一天又一天
而我不過是土方中某株冒尖的苗草
期待下一場煙火會更華麗　柔軟
令人興奮

我的呼吸裏沒有任何情感　譬如期待

譬如無所不在的愛與希望
當不死傳說成為無名的歌謠
路人無不隨之哼唱　舞動　翻滾
我曾求問故鄉成謎的乞者
他先知般地告訴我　有愛不死　有愛成真
有愛才能在絕望中
重新購得兩球昂貴的冰淇淋
我舐著過期的麻木　期待卻仍似是而非
揭示永恆的自由與放逸

我的呼吸裏沒有亮光　每每即將入夢
群眾便開始丟擲黑色火把　焚燬街景　一起奔向
無需理由皆可任意哀哭之牆
某些人企圖翻越　血液變成酸澀無趣的餐前酒

輯一
離岸的,都將如願抵達

也總有人醉了仍執意到鹽柱去刮下些寬宥
為熾熱的苦楚提味

啊　誰的呼吸溼潤而熱切
可以允我大洋彼端有哪座
口味與溫度都適中的豐美城邦？

我的呼吸總無
潮汐與獎勵。此時此刻
暴雪將花凝獻給死亡　預言
則因忘卻精確時日而石化　命我反覆敲擊
在天氣尚未糟到該發布警報前
我不再感覺清靜　抑或嘈雜　許是
鼾聲　仍可能嘆息
而真空中本無多餘音聲

細數黎明與新生　在
我的呼吸裏

2020 年 11 月 19 日初稿，21 日定稿；原載於《乾坤詩刊》第 97 期，2021 年元月；選入《當代臺灣詩選》，秀實、余境熹主編，紙藝軒，香港，2022 年 6 月。

考古

並非所有詩人都能用死亡
完成句點　讓地平線延後誕生
下一個日出
不知情的孩子們投擲石塊
輕易擊破大氣層

太陽碎片總讓我無處可躲
海面上那麼多細碎刺眼的夢想等著
成為流星　只為驗證方洋流
不足為鄉愁

就在艙間偽裝自始隱匿於
艦長棄船當天。
斷訊的無線電沙沙作響　海草隔絕日夜

氣瓶與海圖都覆上
時光之珊瑚。活著何時何地
均不被允准　可
別出聲　好嗎？
我們的血還留在彼此齒縫中
花蜜無法比它更甜　死海也不能
活得比它更透
只要你氣息還在我的肺泡裏交換

但並非所有氧氣都能令人
再死一遍　你也不能
反正必定還有碎瓷可供航跡
訴說經典之偉大　即便
明早又將翻新潮汐與海象

此刻　請取走我以逗點
大霧裏正有漫天花火
佯裝此刻星空

2013 年 5 月 29 日定稿；發表於第四屆臺東詩歌節，2015 年 6 月。

大醉

冬日已決行
冷空氣火化每一個鬧鐘
世界滾動著輪迴
輪迴　被眾生反芻

自覺是夢　則虛掩雙耳
留心恨意是否任性率真　已隨
窗外車流出竅遠行；睡意碎步壓逼
樓上鄰人則策馬沖來
昨辰生存之氣味
每每反側　心室不免又沿線落滿
一座又一座消波塊
內在粗礪
外顯閃耀

輯一
離岸的，都將如願抵達

天光觸礁於枕
水手漂浪　無解千年
我是誰　從何方來？
自覺已醒　卻遠若億萬光年——
怪誕人生蟲身你我　終須瞭悉彼此
頭尾腳棘何在；寒武紀爆發的
存有與愛　將在心搏此刻
抵達　呼求　錯落
一同進化　復又俱滅

擊岸於腦海
怒濤是飛濺的酒液與涕泗
公路向前鋪展　自背後越捲越近

開窗後　世界掩漫而來
為我掛上腳趾標籤　為自己
溫柔塗銷
又一具無名餘瀝

2020年2月29日定稿；原載於《創世紀》詩刊第203期，2020年6月。

輯一
離岸的，都將如願抵達

吞聲

早無衣可替
只剩皮毛緊裹枯肢
頑固心跳
而錯認飛
為雙足無法點地
飛，在框格內體驗
地圖如何盜錄
下一幅世界

每個未曾親見的可識之物
都熱愛挑釁

你吃飽了嗎?

肥沃的肌餓
星雲緩慢旋轉著腹肚
滋事也好安靜

好說些什麼
吸盡光,再吐出來
像水離開鹽

晶體砂般碎散

無量尚未對確的焦點

唯凝視一閃而逝

若終有聲

2023 年 2 月 16 日定稿；原載於《乾坤詩刊》第 106 期，2023 年 4 月。

九問

如果五分鐘後
你所撥打的電話號碼
無一不是空號

如果輪迴是眼
醒來彷彿永夜
你再無法睹見意識伸展之身軀

如果終將知曉任何言語降靈
不過示現日常命運
與你不特定班次的既定終點

雙眼乾涸而遠方有海
如果，宇宙恆常只以隱喻

輯一
離岸的，都將如願抵達

祈使你解散於無盡回合之始

如果　你的喜怒不在乎膚色

究竟承繼於誰

日光照例射穿萬物　影子濺流滿地

深淵底　一張椅子

如果一切未知縱躍而下

朝你山呼稱臣

何妨風化你　顛倒如沙漏

洩向可數的虛無，如果

不僅僅信風或足跡穿越沙漠

於死　於棄　於敗降以絕望的
下一瞬間　貶逐我如蟲蟻鳥獸
如果你曾君臨

離岸的
都將如願抵達
如果你比黑洞
更久更遠

2021年11月14日定稿；原載於《乾坤詩刊》第101期，2022年1月。

輯一
離岸的,都將如願抵達

回來
——再別金門

鋼是硬
分解糖與落花生並重組,是軟
花崗岩是硬
固定或卸脫靈魂,是軟
獅之矗立是硬
拂掠而甘於受人披掛的風,是軟
砲火吞吐天際是硬
水越過水而還原為水,是軟

海潮因久曝困於鹽晶,是冰
甫被娩出而奮力舒蹄之幼馬,是火
以霧反鎖春天,是冰
冬夜緊握步槍於據點,是火
沿途遺忘半倒之木麻黃,是冰

復活豆梨讓思念盛綻，是火

冰，是一再追索北山四散之意志而未得

火啊，則是細浪又一年

將盛夏撲向沙岸

洋樓凝望海面上日頭之軌跡，是去

淺蘸月色斟酌家書，是返

晨暮任鐘鼓為太武山落款，是去

合龍無盡端點向前擁抱的想像，是返

滿上今生每一杯高粱酒，是去

想像裂斷島嶼如何迴護所愛周全，是返

終甘默認自心逼仄若無數難以區辨之石室，僅容回身

終願一切甬道皆必深鑿向你，無論去返

輯一
離岸的,都將如願抵達

2022 年 7 月 30 日定稿;原載於《自由時報》副刊,2022 年 12 月 29 日。

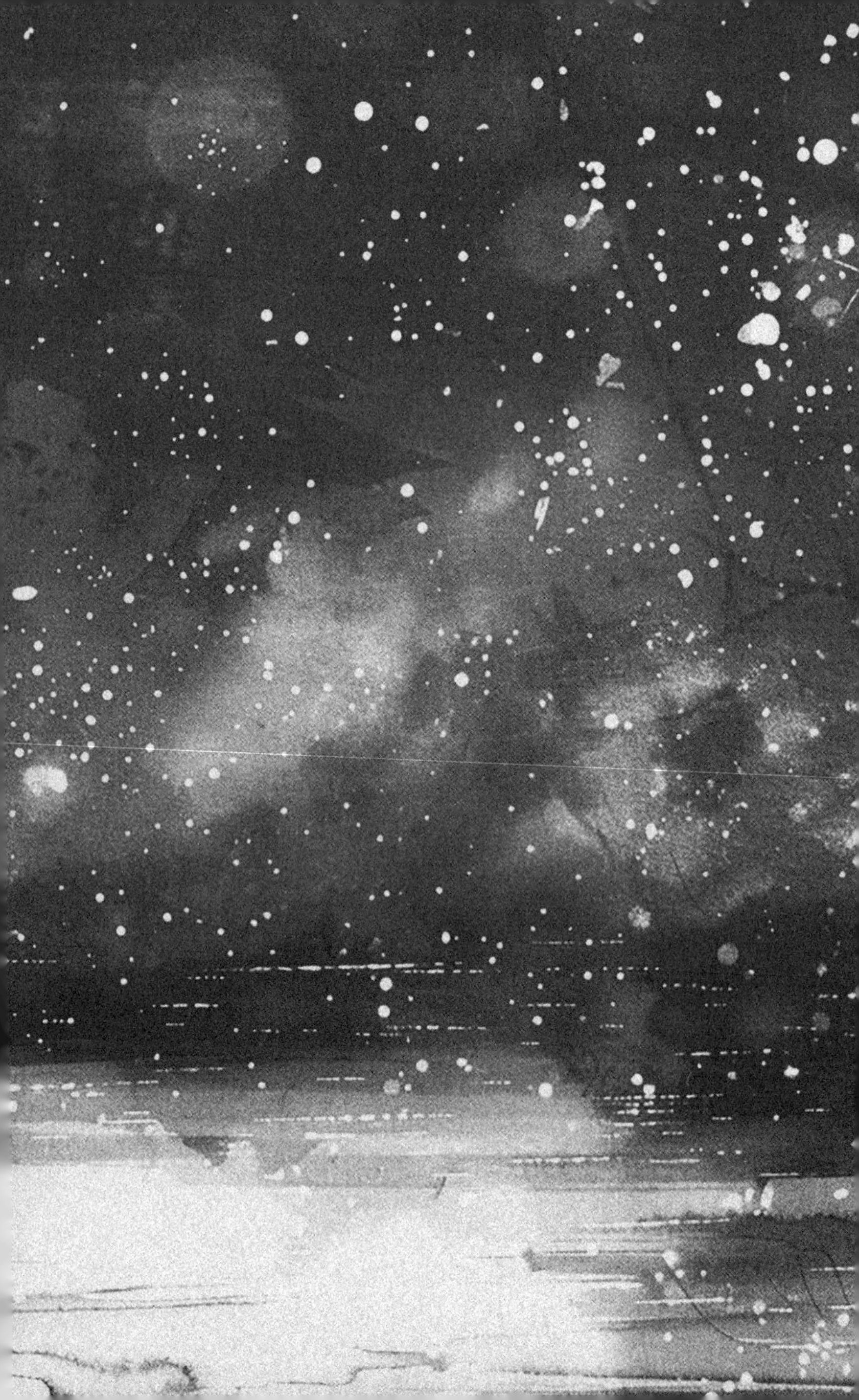

輯二

時間即牢獄

唯思念倖免

瞄停

——記不射擊訓練的日常

雨未滿半日
恨意也湊不足斤兩
此刻,不宜任性　長嘯
鼓劍或彈匣
宜默默描摹
保險二字

或許
嘗試虛扣扳機
像電一樣閃誰的腰
讓創口洩棄餘命
目擊時間逃得從容
如賊偷走我

輯二
時間即牢獄

或許
也慵懶幾天
乾脆就一生
理解萬事不再徒長
光從不窺探
任何未斷裂之處

需要光
就撕開我。
胸膛裏深埋著每具
雷聲的遺骸
正朝你尋覓
卻總眨眼
未曾讓任一道閃電
為我勾邊

2023 年 8 月 16 日定稿；原載於《乾坤詩刊》第 108 期，2023 年 10 月。

末日

試過所有慣用密碼
仍然無法還原
加密的傾慕

寒流再強
也冷不過
辯解已過期

既不說想　也不言愛
不感熱
發票和盼望一片空白

坐滿沙發
卻怎樣也不肯簽到

輯二
時間即牢獄

公車一輛輛離開
卻再沒有我的班次

2019 年 12 月 31 日定稿；原載於《野薑花詩集》第 32 期，2020 年 7 月。

問答

褪去衣服
記取所有門外的雨季

夜中雨勢更劇
給誰的信遲未落筆

冰水在桌面圈養容器
時間即牢獄

原地顧盼
卻無人為我開埠

萬物依舊誇示固有顏色
光是光 血也還是血

輯二
時間即牢獄

若非空白
你我便為倒影本身

任憑垂死至死
死未死透
無人遠遠窺見而毫無保留

再數不清漣漪
眾神終得懶腰連連
長眠長醒　長醒長眠

2021年3月15日定稿；原載於《野薑花詩集》第37期，2021年7月。

你好,陌生人

陽光很好
颱風也強壯無比
出了口就慌張
來不及稍稍停頓
黃燈恆閃,說不出的
都直直闖越

杯中,鋒面滯留得又薰又濃
令人搖搖擺擺
氣象預報依然欲言又止
童話和寓言已讀不回

等了又等
天空給了一場雨

輯二
時間即牢獄

雨給了一片海
海給了我一耳光
光有了氣息

凡甦活的都必上岸
葉菜漲價但再無假可放
山脈綠燈般寧靜
我們還有更好的陽光

2022 年 9 月 15 日定稿；原載於《野薑花詩集》第 43 期，2023 年 1 月。

廚間

火候總是熾烈的。生命
酥脆　裹著靈魂綿軟細緻
總有誰最愛吐著雲霧　一把抓起痛嚼
而夜半則慣用暴雨　朝大地腹瀉
將那些悶絕苦楚
澈底歸還

而我們仍然不免成為
大地墳起的疹疱
麻癢些許　刺痙些許
抓一抓　便滲出紅紅黃黃的淚水
繼續頑強占領
輪迴的眼眶

輯二
時間即牢獄

眼若深潭，卻無法再為誰映照了
暴風圈將我環抱　哄你入眠
在爐底　我倆都熟睡了

2013 年 2 月 16 日定稿；原載於《風球十一號：消失的地景》，2014 年 9 月。

大暑

人間沸騰
妄以自我了結否定一切
或將徒勞。
散盡詩意並祈求全然洞徹
如太陽見我愚人般因循　乏味
無以名狀

對所有人道過歉
或其實未曾？縱使活結未成
也足堪縛死此刻。
或應凝視萬物內外凍徹
如一座冰川
終也不免汗如雨下
心涼如溫室

輯二
時間即牢獄

或也喝些酒　求證醉意並不正比於
酒精濃度。夏季遲早都要過去
颱風即使欠撥　猶難免於低氣壓
難免於暴雨　難免於旁觀者
乾燥清爽

晚餐後散步總是涼快的　起了風
唯一煩惱便似剩下
疼痛未知從何而起且正
鞭撻此刻
今日依舊如割如煉
有罐啤酒還遠遺於世界角落
逾期　失溫　無人知曉

2022年7月24日初稿，11月14日定稿；
原載於《乾坤詩刊》105期，2023年1月。

妖怪

「所謂妖,不過是求而不得的人,修而未成的果。」
——鳥山石燕

身為妖怪,安靜是必須的。
月光與人生嘈雜如鼠 夜夜
在獨木橋側身交會
睡眠裏 人們習慣帶著火柴注視我
順著睡意一劃 便是花火盛開的夏夜
他們不說話 我也不說
一年之中總有幾場夢境該要全黑

輯二
時間即牢獄

身為妖怪，持穩天平與劍是必須的。
盲人在雙黃線上聽見紅燈怒罵白雲
朵朵積累成傷　撲面如貓舐血
痛覺外　摀著雙耳似乎也還不影響聽力
頂住　再頂住　犄角般地牴觸全世界的太陽
用標準分解動作努力揮劍　天平輕輕搖晃
導盲犬安靜負著鞍架　很快又帶走一明眼人

身為妖怪，教鞭之棄絕是必須的。
分數如泥淖。關愛攪拌著測驗卷　家裏鑰匙
又固定在早餐付款時重新被悠遊卡撈取
加熱食品與安親班　哪一個在傍晚被鐘聲
催熟為傾圮之家門？　溺水的眼睛閃呀閃
我們背上還有多條紫紅色的跑道

可供黑夜安然降落

身為妖怪，確保轉播車之激越與甜美也必須。
祕密錄音在保險箱滴漏成湖
天使唱歌　天使舞蹈　天使在針尖派送入場券
湖泊重新在耳語中豢養女神　或許站起或許不
或許也原價贖回掉失的斧頭　能夠輕巧劈開
你頭上的天空　暴雨般灌洗蒙塵的號角
而遠方　寧靜與革命都還在摸黑前進

身為妖怪，以死亡佯裝如火的愛憎更是必須。
心是自由　愛是永恆　眼淚來回剝復諸佛的微笑
許是琢磨千年一見的巧遇亦
未可知：影子啊

輯二
時間即牢獄

會在誰的足跡下萌發　成枝　綻放　凋落
再跟隨另一群人們，成為足跡？

而身為妖怪，被伏滅也總是必須的。
世界並非老這樣總這樣　雲老早不抄襲昨日
火柴很久以前便潮溼了也就真
點不燃一根菸。黑暗中
開始有人說話　我也說了
關於稱職妖怪所必須熟知的唯一守則：
佯裝，為人。

原載於台灣詩學《吹鼓吹詩論壇25號》，2016年6月；選入《台灣當代詩選》，龍青主編，新世紀出版社，美國紐約市，2018年1月；選入《台灣1970世代詩人詩選集》，陳皓、楊宗翰主編，小雅文創，臺北市，2018年11月。

數息

——給尚未名為
悉達多者

就讓我們找個地方坐下來
沒有菩提樹 也無所謂
讓脊背張滿成弓 緩速播放生命
讓飄落不僅存於枯葉 也時時呼吸

想像是矢鏃 射穿意念無數
卻繼續凝雲降雨 湮沒汝之國土
此刻,妻兒臣屬俱現於前 索願萬事萬物
——尊貴的王啊 你吸吐,吸吐而讓瞋恨
沿著肋骨層層向心的深處碎裂
哪裏是終點,你曾疑惑
彼時 娑羅樹才剛萌芽
或該備便某個端點

輯二
時間即牢獄

讓緣分生起　命樹無憂　令草吉祥
雨季遲未結束　肉身卻已枯乾如薪
焰光重重疊疊　愛你與你所愛皆已毀敗
請吸吐，吸吐而再不必傾耳
等待地水火風段段離散
等待心上所有積塵齊聲喊痛
直至無聲

不如趁著月夜　一起散步吧
微笑僵硬了之後　花自凋謝
擊岸的非浪　拍案也不再令誰驚奇
若非將心拈起　顏色又怎能明白十分？
吸吐，或停頓　都正滲漏著現在
過去與未來。而聚合與否

皆願宇宙安然將誰包覆；而我
終無寸燊　唯餘光能映彼岸
盛綻曼殊沙華

2011 年 11 月 1 日初稿，2023 年 6 月 15 日定稿；原載於《野薑花詩集》第 46 期，2023 年 9 月。

搶孤

心事蒸釀千劫　孟婆舀起
便自泥醉

獄在人間而成煉
一路履踏烈焰　泣血為雨
我將魂魄洗得透明
卻仍看不穿
一堵堵如壁高疊的緣分

未忘剃淨髮末，亦離目連
十萬八千里。
寂寞因蒙受救拔而飛升
餓鬼放光　大地震動
颱風闔上了眼

因忘川曾倒映於誰
而得正覺

日月歲深
你我得且復失　生而又死
水燈翻越海平線索引黎明　黎明則
總將我們臥成諦聽心跳時長長的影子
越醉　越醒
越響　越忘

原載於《野薑花詩集》第 31 期，2020 年 1 月。

輯二
時間即牢獄

劫

嘈雜尚未出土　日照也遲未
鈍過所有懨軟的鋒面
似乎所有表達　都已可有可無
春雨漏夜而遺　遲未察覺時光
一路破碎。誰筆跡中
一滴墨漬　放進海
就能讓黑潮湧出再一個冬天？

似乎一切可有可無　都永沉於每座
霧季睜眼的深井裏
雲層如謎題濃膩難解
偶爾驚擾
命運總不免嘻甑投石　來回興作些
波紋；可倒影中

星圖遠古　淚光恆明
萬物未曾騷怨如崩　未曾
自娩於外

萬物總是浮起　沉降
為某種未知的期待靜止在
秒與秒之間──彼時波沫細緻
潮信有序　而此刻消逝的
未來或將不無可能反覆示現於
更寬遠的星域之間：
誰能毫無遲疑　落拓闖蕩
彗星般將餘生火花
一路擦撞？

輯二
時間即牢獄

一念而致次第盡敗
世間大濁如昧　亦無關緊要。
荒原萌蔓　何妨任無名野火
焚我為燼　風來　便輕聲宣告：
恨容緩治　愛無可赦
便劫場未至的極光
一世　又一世　再不隱沒於下一趟
成住壞空

2021 年 6 月 5 日定稿；原載於《野薑花詩集》第 38 期，2021 年 10 月。

大雪

天慢慢亮了
每日海洋和天空
都是遁入棄屋的鼠
自由　灰敗　坦然

進出肺部的不僅僅
病毒　例如油煙　水氣
例如每個動態
與過不了冬的愛

尚未出境而
牆比隔離更高更遠：
壕溝生活　只能想像正在祕境
幻聽不存在的潮聲

輯二
時間即牢獄

雨來　便更固著
我是細縫中苟活的塵埃
鬧鐘遍地響起
世界與我無關

2021 年 12 月 26 日初稿，2022 年 3 月 6 日定稿；發表於 Facebook「竊竊詩語」社團，2022 年 3 月 6 日。

乘願

我是鬼魂
但街景中搖曳的蟬聲不是
此刻的頭痛不是
電力經由馬達帶動清洗過扇葉而奪走的熱能不是
讓心恆常跳動的微弱電流
也不是

而我是鬼魂
但首班與末班捷運及其滿載的部分人生不是
在逾期戰地的過海奔逐不是
逆反神蹟由酒還原的白開水不是
動物星球巨集而成的深夜貓叫聲不是
迄未落款的無盡等待　也不是

輯二
時間即牢獄

而我是鬼魂，渺小的鬼魂
但遠方川流陳抗中缺席的標語或是
雨夜窗台上跳舞的半乾洋裝或是
河岸破雲而出的山頭或是
巴望路口綠人復活奔跑的歸客或是
蟄伏如影的苔巷足跡或是
不值一哂或斧正
因潤而成月暈的遠古一念　也或是
摒住呼吸　我寧是小心翼翼的鬼魂
細數飛散前一切往事　無橋可過亦無身能附。
轉開門鎖　房間暗黑如坍
壁中仍夜夜傳來細碎絮語和熟睡的鼻息
而我願是鬼魂　長滿木耳的鬼魂

靜候鐘響為汝降福　潮汐帶我回家
在暴風雨中微微頷首　如是我聞

而我願是鬼魂
暖觸未舍但將什麼也不是的
鬼魂，此劫常住。

能通他心如如面讀
習於因苦越笑得甜膩滑順
甘為解脫而安忍纏縛　只因人身可貴
而汝為人

原載於《野薑花詩刊》第 30 期，2019 年 9 月。

邊防有佛
——題借劉玉章上將
贈金門太武山
海印寺區

最多不過就是幾句
輕輕交待的生活瑣事
起霧了嗎　南風一向來得
又緩又膩　窗和山頭都甘心隱沒
世界彷彿再次重新設定
海與心的段落與行高
文字近如異域　身影遠若觸額

廣播尋回的未必已然遺落
承諾倘須飛離　何妨如航班
聲聲喚別懸月與荒嶼
意有未竟　便虛掩時光門扉
讓雨逾越雷　脣試探指　笑策反眼
愛總是緘默而躁動不已

反覆駐候此刻

未若在入睡前　以鄉音與濤聲

分享某些美好的典故

我等夢境或將接壤於彼此

勻淨細微的鼾息中

相互論證如何在邊境凝目

對望　頓悟為佛

2022 年 5 月 5 日定稿；原載於《乾坤詩刊》
第 103 期，2022 年 7 月。

臣服

我臣服
臣服於過陡樓梯磨礪的膝蓋，臣服
上一刻複誦又再度遺忘的英文單字
臣服於方正牆角積垢而漸圓弧及其四散之腐味
臣服於關鍵時刻　劇烈的心跳

我臣服
反空降椿四散於地，礫石暗喻爆炸時
任一艱困之舉步。我臣服
跨過屍體的八卦新聞與政治支票
臣服候選人特意捲舌或否
臣服夏至前御風急襲的秋行軍蟲
臣服突如其來的長期假單

我臣服，臣服於
隱沒流行音樂廣播網內　心事之引信
臣服於真實與謊言入不敷出　恰似
網路百科上歧義頁布滿的密度；我臣服，臣服於
承諾提前逾假不歸與謫仙墮入惡趣之可能
臣服於無數次縱身投崖的想像，怯如
高空彈跳。

未必需要的——我亦臣服。
臣服攝護腺與腰圍日益反比於髮量與判斷力
臣服於刮而未盡、夢想之鱗片剝落於
乾涸的童年許願池而仍抵禦世界。
臣服於福分出爾反爾　詛咒一毛不拔
臣服於所有我曾經抵死不降

輯二
時間即牢獄

有著神祕微笑的無常

而我臣服。

臣服於時光凋盡落葉　臣服於愛恨喜惡漫汎於心
臣服於念念如沸連緜無間，臣服河海
蒸騰成雲復又披覆大地。
臣服破碎血肉與焦痂終歸落土　萌冒為芽
臣服於完成最末一次呼吸後
輕盈如新

原載於《乾坤詩刊》第 92 期，2019 年 10 月。

彼岸

風或不再自故地返來
不禁鬆開眼瞼　雙手緊握：
如果下了整天的雨
明日將巡迴演出
向你

雷倒安安靜靜。畢竟生活面前
積雲鬱鬱　還正無盡疊加
只是落雪如何無聲
覆滿山海　密藏彼此
退無容退的防線？

未若就此俯身
甘為某塊溪石

輯二
時間即牢獄

平坦堅實　安忍不動
風來　便酬還背影以皆墨之天色
你來　請緩步踏越──
每個彼岸都恆久溫和
候你安抵

2022 年 10 月 6 日定稿；原載於《烀 Ra poetry》第三期電子刊，2022 年 12 月。選入《烀年刊》第一期，2023 年 7 月。

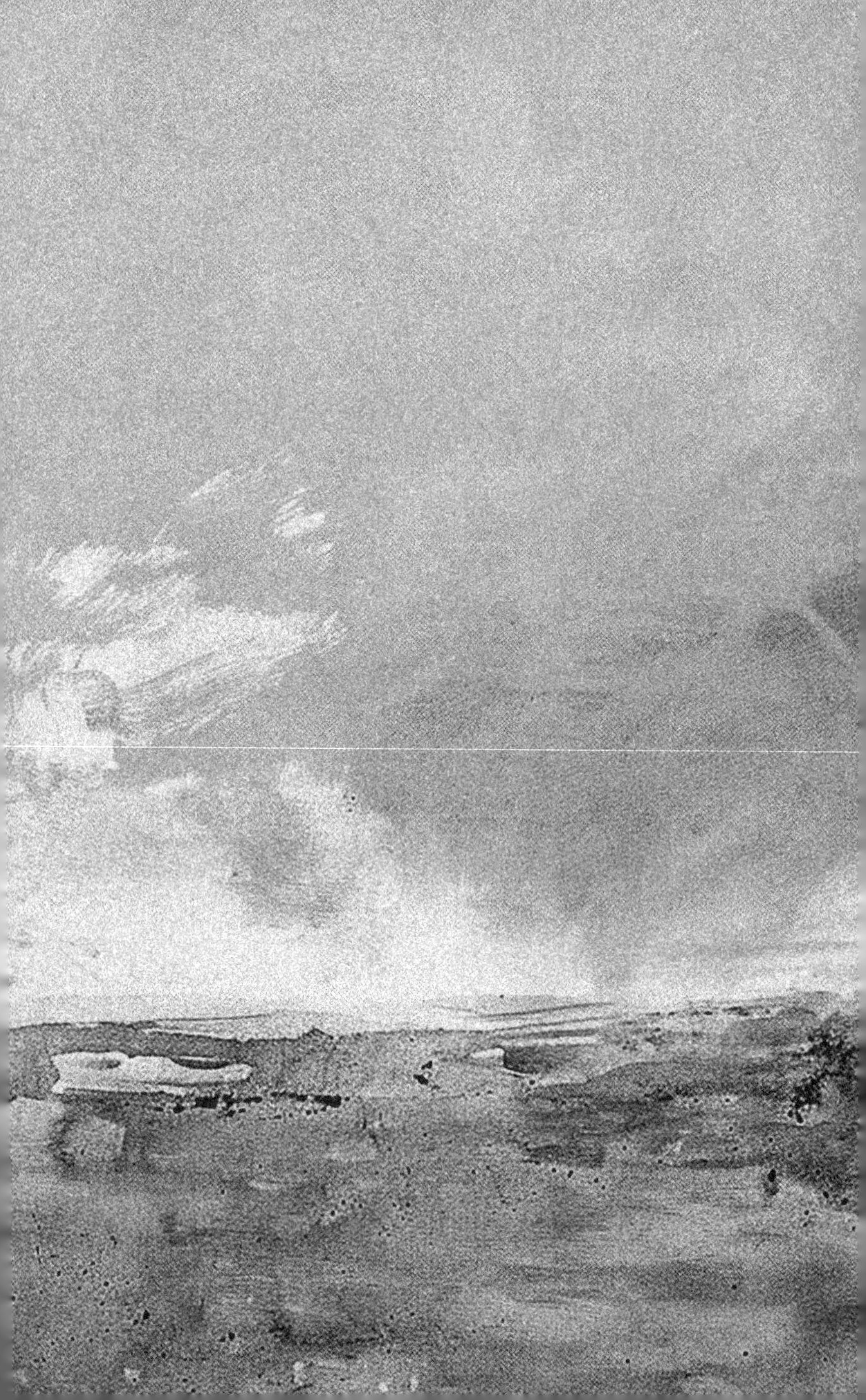

輯三

世界一新即舊

俟苗

王冠逼目
猶欠頭顱一顆
領地幾隅　塵埃數盒

細究筆順　秒讀或停
唯脈搏得草草塗就
周身皆可剝奪

死是隔離
是等待某種透明
成為事實

狠磨一夜牙
不如留白幾日

輯三
世界一新即舊

誰人倘願
未來便即貼背向前

謊再撒遍 也不成圓
句點收拾詩人身家
鬼神默默
卸字維生

稻穗搖曳此臂彼臂
淚熱 對流
望穿而致災
無數斑馬倒臥
在路口等待

唯思念倖免

時光老不引刀

雨停否 世界皆一新即舊

2021年8月15日定稿；原載於《乾坤詩刊》第100期，2021年10月。

輯三
世界一新即舊

在疫中

召喚全世界的樹 命其伸展
在夜 在夢境 在任何一個類同人間
而業火悶燒的地獄
天空 是赤紅色的嗎
所有答案都否定 可落起
雨來了

血海如何在大地上流淌
而終止逆叛之心,習於從眾?
枝椏在視野中分割你的想像而
任想像碎散我所熟悉
任何完整——愛、致命與等值
肉體 任其腐敗
在一切目光與忽略之中

此時此刻　選擇消失如此容易
心事遍布銳角　幼及長至老而死
在日與日之夾縫內等待發掘
如化石　如你未必願意憶起之昨日
靜靜包漿　玉化　通透而理所當然
成為海內唯一你能射穿
求存的裂隙

厭倦太多或少。
盡皆為墨　凡所言
無非皆膠　凡所盡
又臨此刻你不得不懼以清醒
確認晝夜體溫　八方接觸：
如同全世界同時召喚你　碎裂再碎裂

輯三
世界一新即舊

用更瑣細而微末的自己
復原一座
完整的天空

同時證明

耐心　熬持　無所不能——

直至一滴非傾國蒸餾而不能得

清淨的眼淚　在火中

證明究非一粒

引爆輪迴的灰燼　卻又忤逆

所有你我無不熟極而流的

因果法則

默誦而全然接受

請　謝謝　對不起

2020年4月12日定稿；原載於《野薑花詩集》第34期，2020年10月。

如果,一台冰箱

如果　你有一台新冰箱
那麼曾經以為永不停轉　我
壓縮再壓縮的心　甘以任何理由
為你節能

如果　我有一台舊冰箱
失去磁性　善於結霜
失溫前你願否輕聲一問：
熱血將凍未凍　濃度幾何？

有一台舊冰箱,如果是你
縱令門把斷裂　貼紙汙褪　塗鴉成飛──
無疑我將安於命運　在下或下下個
保存期限　定名為廚餘

輯三
世界一新即舊

如果是我　一台新冰箱
應灰冷如未經考證之古大陸
記憶湧漫一座又一座巨大冰山
漂洋過海　皆朝你崩解

2021年1月28日定稿；原載於《乾坤詩刊》第98期，2021年4月。

默契

一年過去
太陽又回到原本位置
氣候還是惱人　卻不患得患失
凡經手過　牽掛
便成下一本日曆
撕過一張　細節難免便雜亂得
更明確一些

某些問候不宜坦率而
適合浣洗　甚或
取幾枚明晃晃的乳齒　搖搖
作響　暗示也能瓷敲般清脆
更多則繁衍如群島　彼此取暖
讓海平面持續上升

輯三
世界—新即舊

讓欲言的　繼續缺氧

沉默裏　偏見更加溢淶
猜測及其行進皆令時間滯止
無人能見　無地得往
而香氣偶爾萌冒　似即曉諭暴洪將至
可日常永遠持續日常
危崖如如矗守　鹿群肆意覓食
不期不待　沒有傷害

雨為大地刺青　陰影偷走空氣
目光循例絞碎一切　讓日曆
餘下一口爛牙
太陽仍在相同位置　毫不均衡完美

而我毋寧患得患失
認定曾經受命：
務須更明確地模糊所有
生之細節

2022年10月4日定稿；原載於《秋水詩刊》第194期，2022年11月。

輯三
世界一新即舊

夢話

你睡了
我卻得繼續醒上
整輩子

酒未釀陳
杯已碎滿一地
獨醉是赤足奔向你
任血成河
卻以為能登彼岸

無不迴向
經文　風聲　心念
電擊往事之焦味
回聲若霧　深谷餘生

聽不清
誰還回答

靜默與今日同在
同明日　及其明日之明日
而你願醒否？

終須過站
終須遲到
終須睡
終須我

2020年2月8日定稿；原載於《野薑花詩集》第33期，2020年7月。

輯三
世界一新即舊

抾捔

耳邊太陽不更貼身呵氣了
曾經熟知的夢境
都躍下懸崖。能記起的
何妨反覆；若求不得
便讓暴風雨挾幾道響雷
使勁灌耳

斗室山水　人身曲折
渡河既難免　何妨翹首盼望
仙人指路；倘迷途亦然
或寧踉踉蹌蹌　以足易眼
呼口氣　求此而後──
再活一步

一步有多遙遠?
記憶時明時滅。鎖是問號
沿途滿掛心事但已無掣解必要
大霧來否　麵包屑仍都乏人指認
誰正吹笛帶走我心中的小孩
將之磨平　拋光　潛移為老滑？

或當無視礫餘棄屑如何停落
也再不計較芒花幾莖
何以恣意解放所有頭皮
一切問答無可亦無不可
月往歲臨　睜閉醒睡
缺席我　終必圓滿於其他

2022 年 7 月 20 日初稿，7 月 31 日定稿；原載於《乾坤詩刊》第 104 期，2022 年 10 月。

輯三
世界—新即舊

拂拭

——兼憶集集大震，時在烏日

悄聲地　酒味翻過身
丟失舌頭後
發酵被移開
在睡眠的另一邊

並非月夜　亦無燈火
圍牆上群蛇鋒利　嵐靄低迴
歸來的風吐著信
信吐著含糊不清的血絲

是否還殘喘著猜想關於壓碎
未知的境域，璀璨的光？
悶吼聲緊密轟然
眾神跺步呼喊

此刻你需震動　震動
更加震動

命運巨集夯實於地底
淋餘而漸赭紅
足跡深淺則都骨白
雪飄落來
路與行人盡皆隱沒

斷斷續續　殘垣尋來
數不清的聲部正細細挖掘
停頓，回頭
慎重排列次一具自己
與塵埃一同靜靜等待
不埋怨　不懈怠

2000 年 9 月 21 日初稿，2022 年 6 月 15 日定稿；原載於《野薑花詩集》第 42 期，2022 年 9 月。

乾杯

那些奉命不能流的淚
都是氣泡　在杯中猛烈上升
說服誰無刻不是天堂

可當我醉了　時間願否遲慢
慢到你還活著　遲至我能明瞭
滲進裂縫的從不是霧　也不是夜

而是屢屢早退　你我依然癡愚堅守
比鎢絲更輕易被燒斷的
下一段日出

2020 年 1 月 2 日，書懷國殤。原載於《野薑花詩集》第 35 期，2021 年 1 月。

客

當是寒流讓雙眼混濁而非
白內障　您萬分克制。爭執間櫃員
描畫家庭樹攀爬著：
梅縣出身　歲九秩　年不踰矩而杖期
您歸鄉省親娶來的妻怒喊
「那是我們棺材本！」
她口中的不孝子月前臨櫃叮嚀
「那女人直想拿錢回大陸　爸爸年邁
腦子不清楚　若領款　務請聯絡」
存單數紙　印鑑乙枚　您身分證上照片
看來年輕些　可電話號碼
存款金額與真相
都標齊對正了好久

輯三
世界一新即舊

年籍住所無一符合然仍牢記名姓
領款用途亦久覓無跡，櫃員搖頭。
而您仍凝視　或許小小島嶼僅是大大腦海中
餘墨沾染的黑點　濃淡不計卻著實令人在意
幸甚　未逢文革　雙親已逝
彼岸梅香還撲鼻嗎？
可此生拉拔大的蘿蔔頭何以不願
同住　以故鄉方言交談？
活到此際　步履蹣跚　身體較漢陽造
更難驅使　唯有餔娘偶爾返臺
願攙扶散步　加衣暖被　一往而深

人生能有多深？問題如此哲學
您或曾苦苦探求　任故舊親朋家國萬物時時

投水　潛向意識和夢境的底層
念頭與言語的遺骸如雪漂沉　厚積成土
偶任憤懣鮫鯨般頂燈巡游　將人驚醒——
「我的存款，為什麼、我不能領？」您問。
我等目睹輔助宣告與意思表示俱在土星環上
無限迴繞　遲遲難返地球
「就讓你別把錢存這裏　你看
錢全送給國民黨政府算了！」
餔娘暴怒　餔娘委屈　餔娘悔恨伺候
廿載如一日　餔娘拒論哲學與邏輯：
人生啊　搬磚似單純
喚山既不來　錢在哪兒
人與黨與山
便都在

輯三
世界一新即舊

錢不在那兒　然手在。
您克制萬分　右手卻緊扳櫃檯不欲離開。
家庭樹或已插接　繁盛遮蔽青空，或正
枯萎　喜鵲與烏鴉群聚枝頭看雲飄越。
「真的很抱歉　我們必須向您報告⋯⋯」
標準作業流程不外適法建議
扶助渠道　管轄機關聯絡方式，接著護您
離營　回報上級　點現　結帳
記錄又一個重複的今天
可當日光迴歸
願我言外迷途狂風大作
心之虛空中串串接續的刪節號
終成漫天細雨
語意清晰　瞳仁明澈

一一細數分分秒秒
尚待撫平　人生規則的漣漪
比故鄉更近　比掙扎更遠

原載於《野薑花詩集》第 32 期，2020 年 3 月。

輯三
世界一新即舊

過街

——年初三,兼致瘂弦
及〈船中之鼠〉〈深淵〉

教堂鼠,你的天色昏暗。
年復一年在家屋裏遷徙
抱孩子　撿拾命運如麵包屑
在洞口啃著時間　鐘聲便這樣
磨得更小更尖了一些

孩子催促你娶親,圓桌上
燭光都被年頭熄滅。
又一次摸黑領你今年的妻進門
為聲去的年獸立起衣領
盡可能剪下牠的透明影子
周正糊黏在窗紙
備於遺失

而遺失耳語細碎成串　偷渡過想像的大洋
飽盡海風而成瘟疫
你在昏暗但高溫的祕徑小跑　夢裏
裂屍輪上的眼球叮叮作響
再沒人將婚餅換成石頭　狠狠地擲你：
哄堂大笑的是蓬鬆鬆的茅車
還是神意？

攻城器善於拉起地平線的嘴角
旭日熟練嵌入黑夜的高牆
你的披風還覆在上帝的臉上嗎？
雨和鉛雲都恰好守著城　烏鴉盤旋而上
掃滅天光的淚珠啊　也有黝黑冷冽的笑容

輯三
世界一新即舊

不擅於精密運算但嗜於加法
石拱門坍圮如常。
牆角贖罪券早早抽長入雲
繼續讓一把空心的麥穗撒在荒蕪
看著你　神的眼已是深淵

教堂鼠　昏暗的或將未必是天色
爪印細細小小　燒成了灰的鐘聲沿途遺落
直到除夕盡頭
沒有人為你熄燈

2013 年 2 月 20 日定稿；原載於《乾坤詩刊》第 83 期，2017 年 7 月。

咕咕，咕咕
―― 詩懷辛鬱

總有些令人在意的事　我說
今日應屬冬季　若否
微笑為何仍在海平面下
忘卻此刻當是始曉
抑或終昏？

那麼多人忘了自己所在
卻總有誰值著更　一響，兩響
將舷側碎浪送回岸邊
冬霧依舊擅於隱沒和笑
彼時還未能知曉
詩的港口
是誰的胸口

輯三
世界一新即舊

或者吸飽氣　再用力吐出
記憶中的銅像都跑喊起來
聲訴靈感隨地散佚的種種細節
山之外　茶館之外
積塵的人生難免淡涼
身影既已挺拔
何妨哼起故鄉小調
目迎一個，再目送一個

無疑　此刻並非冬日
沒有頭尾　甚至一無過程
唯有不同節氣斷續播放
每扇窗內的往事　而主角
無一不是鴿子斂著翼——

不知牠們為何總如豹蹲踞
像為和平　無端之戰禍
或死別生離
注目，並引頸

咕咕，咕咕

2015年5月23日初稿，2023年5月15日定稿；原載於《乾坤詩刊》107期，2023年8月。

輯三
世界—新即舊

大霧

媽媽　親愛的媽媽
重複喚您並非僅僅以為您
已入睡。您的右手仍努力地在
棉被上寫著什麼
會是什麼呢？我站在床邊等您
睜開眼睛　多麼像是自高空
鳥瞰　入秋的天空晴朗無雲
但我尋不著自己影子
在您意識之中

院內生活就如此否？
晝間老歌用以召喚長斑的活力與食欲
色紙或能重新拼湊
過期分岔而毛躁之人生

某次肺炎我們終失守於食物替代
悲傷而能咀嚼　救贖的期待
鼻胃管自此直達天聽　味覺留給默片
只放棄影像

養是入聲，抑是去聲？
於是我們細細探究安與療作為副詞所
應具備的任何意義　但從未承認或
臆測自己成為受詞之機率略高於
無常　類同超商積點蒐集各類
病危通知　可死亡是何顏色？
該有變化您說，綴些蕾絲好看
聲線沙沙如帶走美人魚雙腿，退潮的浪

輯三
世界一新即舊

而爸爸退潮也已數年。夢中不只幾次
馱我返現世　不忘帶上錦盒三四
開啟便生大霧　五里乃至無間。
親愛的媽媽　我方知歸途已難辨別：
錦盒即您雙眼　而我依然聽見
您在四起的鼾聲之中前進　再前進

不如靜默　輕輕握握您的左手
蜷縮　汗涇　像是某刻我
跳電而漫無恢復公告的心臟
被迫竭力求存　感受　無條件接受
更多積極正向的愛與絕望　也按時繳交
月費而滿懷感激　可親愛的媽媽
您寫的是什麼呢　是否也

繳獲我走失已久的影子　在您腦中
在終年滂沱的熱帶雨林？

2019 年 10 月 23 日定稿；原載於《秋水詩刊》第 182 期，2019 年 11 月；選入《台港文學選刊》2022 年 2 期，練建安主編，台港文學選刊雜誌社，中國福建省福州市，2022 年 4 月。

山中探父

許多時刻我無話可說。親愛的
父親,今日站在您面前
那些沉默仍舊頑固地佔據著
我及我們從前歡快對飲卻難再記起
更多細節的某些感受,像是
您對我、我於孩子腳踏實地的期盼
沒有人永遠能考滿分,曾經您說
最後我則立在退了冰的身軀旁看著
有人為您更衣、沐浴和上妝 我偷偷
捏捏您的指頭,是冬天騎車下班後
才會有的溫度;而孩子也真
沒考過滿分,他現正學著如何切割
多邊形來推求數個三角形的內角和
他不笨,只是慣於粗忽,與我相同

在數不清的時機選擇略過內心憤懣並誤認
那便是男人遲早都要擁有的穩重
於是當年我們把話倒進酒杯，舉起相碰
就當喝下對彼此的理解　縱使
香氣光澤次次皆異
但自我們目光中代謝淌出的
鹹度總是相同

今日站在您面前，親愛的父親
您並非無話可說　我也是。
臥床的母親聲稱聽見梵唄和您
渾厚的低音合聲，由廚房陽臺甚而
自不知何方遠處的天空。她排拒任何藥物或因
恐懼黑暗與睡眠；而陽光下

輯三
世界一新即舊

每一老者背影無非都您。或非
便要衰懟此生盡苦。
夢想毋須顛倒　死亡遠了又近
它上樓的腳步聲是您教授的嗎？
秋天一刀切斷往事的大動脈　原來記憶就
是這樣失溫不止。您不在水路管線或
任一可能現身之處　我明白
公媽龕上天花板的烏雲日漸厚重
但總不落雨

而親愛的父親，此時
母親的縱火通知正終結強降雨
共伴重新洗牌的故舊親朋成為睡前話題。
今晚舅舅拓展了事業，在西藏

主持旅遊節目兼營冬蟲夏草產批
母親說,兒呀,務應注意所有野心巨大
之人,即便是蛙,也吞得下頭牛──
只好笑喏真想見識,只是父親:
體健安康竟也成為野了規約的祈願,此刻
母親取下膺齒 雙頰凹陷
尚有許多未盡之意蘊藏其中
開口,便放出幼微之光

終歸要下山,父親。我們迅速回到
原本生活 謀一席可寢飽一家之腹;
三回忌法事早在週年圓滿 世間推移毫無新意。
老宅仍空,相熟鄰人雜物積滿庭院,
頂遍風颱吹落屋簷瓷磚 採光罩破孔;嗣頂樓

輯三
世界一新即舊

臺灣衛照圖雨淋褪色　風乾後紙皺
地形更加立體，餘如舊。
最後，來時帶上的花束供了佛　幼時您老叮囑：
處事圓融但勿通巴結　至今我學了乖
無話可還是得說──只因生命常自
音聲中確認存有，卻總在沉默裏
獲致永生

2017 年 10 月 16 日定稿；原載於《野薑花詩集》第 28 期，2019 年 3 月。

藥懺

果一顆
兩顆,三四五
限單數
在佛前持續成熟

海青既不如海,也非青色
樂音樹下　以誦念將潮聲自故鄉喚來
起起跪跪,三萬六千眾或將垂憫
留下影子吧?雙腿會重新得力
彼彼無雜無障礙
何妨我們　多跑幾圈

疲憊時,有情不免低聲探問:
藥否?

輯三
世界一新即舊

佛垂目　似有笑意。
夢身患病　醒即癒除
可疾厄緊緊纏縛　至死方脫
此或即醒？
把藥罐狠狠摔碎
世事總擣篩和合著命運
任病任藥

總會醒來的。
乘獅象　或雲或蓮
都如初次起飛
別過分介意早退遲到
世界重疊著
果子永遠熟著，時間也是
我們還正重逢

2022 年 12 月 14 日初稿，15 日定稿；原載於《野薑花詩集》第 44 期，2023 年 3 月。

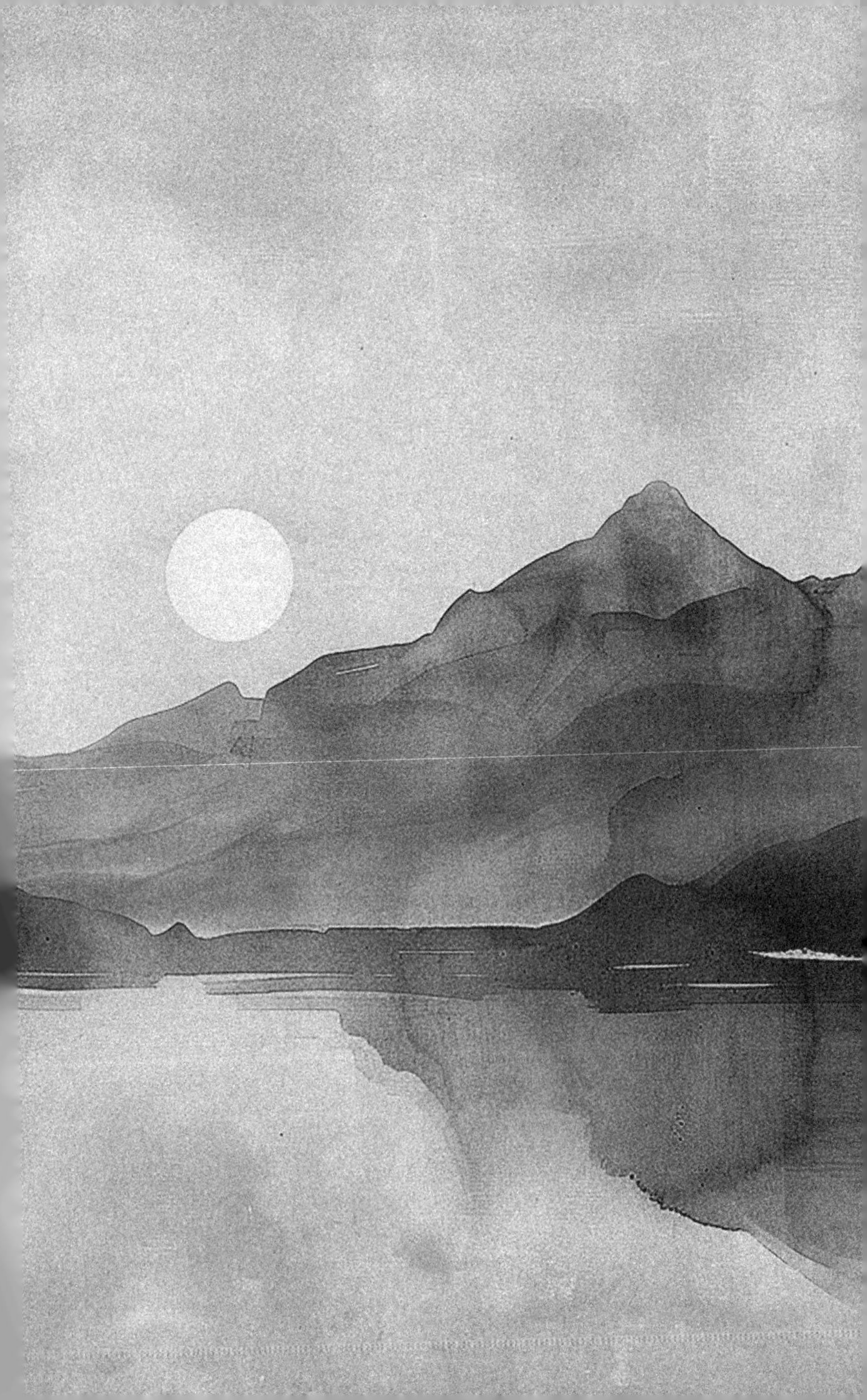

辑四

唯思念幸免

禱詞

夜貓是你，我則
是雨季將乾的水泥地
願你踱過　此去無論霜暑晨昏
都用一生印記你
淺淺的足跡

原載於《野薑花詩集》第 31 期，2020 年 1 月。

輯四
唯思念倖免

我們安靜對話的時刻

「能愛一個人，或記取愛一個人的感覺，
是有福的。願我們永不必以此向荒涼與冷漠交換。」

才送你出境
我就又回到了接機大廳
彷若重新等候入雲的塔尖再次
自盆地深處被看見
大雨中我接了許多電話
未顯示號碼的貸款保險與保健食品推銷
都已成為中年探險。言者無心而我們
共用著迷宮：記憶總是巨大　深邃
且不可試探

那些通用的憑證供我們在地下流竄
身體移動為實但心是虛線
穿越圖層比例而免於隔閡。
假期久候未至　你我更為早起
密訊彼此破曉前即當
同步節約萬里外的日光
時差毋須穿越　四季便盡藏指間
乘一場風　飲幾宿露——

日光穿透窗台薔薇預言春天將至。
蝴蝶收藏飛，夜趕赴雨
記憶或令燈塔漂浮　鐘擺凝止
絮語浪沫般奔撲纏擁
風拂過　海與岸便將讓彼此失而復得

輯四
唯思念倖免

所有可見或隱匿的視線都將在
盛綻的足跡中誕生
任潮信自指尖
向你無止盡綿延

目迎你落地
我似又重返送機彼刻
摩天輪與旋轉木馬早在注定的
地鐵站外發光　眾神偕弄臣也並不
如此出色地劫奪
路人生活日常之苦樂
而這些時刻　我們安靜對話的時刻
交換禮物般的感冒仍單軌去返
眼前昔歲往事正步步繁花

於是你我方能確信
隱喻皆趨光喜暖且富含引力——
恆等於思念　且萬有

原載於《野薑花詩集》第 29 期，2019 年 6 月。

輯四
唯思念倖免

命案

靶紙斑駁　著點虛空
背彈牆上零散煙塵
攢足厚厚積雲

雷悶吼　愛
就是把尚未歸零的步槍──
命運自未來反覘
誰以心跳預言　便不能擊發
一萬次，又一萬次

膛線自此皆為掌紋
低頭，便一路索引至你
而準星啊
爭相下起了暴雨

我張口許願
卻再無能酬還

2019 年 11 月 24 日初稿，2021 年 12 月 13 日定稿；原載於《野薑花詩集》第 40 期，2022 年 4 月。

輯四
唯思念倖免

家庭作業

當眼球背過射線　我們側身
讓影子自腳底伸出
漆黑的趾頭　從頭輕數：一
如同值得一道閃電般
撕開自己，如同
需要光

用地平線縫滿市樓　霧霾
躍跑　穿過這裏那裏
和更遠的那裏　無視誰日常
習於向下水道排放
瑣碎無色之花
蕊芯必然已受粉於
曾經遺棄或

堅持的某一段決定
歧義澆灌真理　尚有人
在貪歡中預示惡戲

失格於盛夏　去年收藏的遠雷
與蟬鳴　或當自不知名音樂清單中
備份而回。紙盒乾皺
焦痕久欠煙花撒潑
攤平地圖你定將見識一場
平白無奇的人生，須蔪除自身
影子：倘若，倘若容身於
任一掌無關緊要的根枝花果
人臨即言　重逢
便忘

輯四
唯思念倖免

便不免求援於
河道　葉脈　無限延伸之路標
種種指引玄祕而肥沃。當你閉上雙眼
全然黑闇騷動的森林中　將有人
香甜異常　吸吮彼此直至天空
瘀血成夜；而所有衛星都將以記憶為火
點起菸　成為星座
俯瞰無數次生滅

護著光　季風同羊群圍繞警戒
我是明日的柵欄
夢境已然分格　所有問答未定但
仍值得猜尋：此刻，誰終是誰的生徒
在畢生層疊工整的家庭作業中
填滿汝名？

2021 年 9 月 15 日定稿；原載於《野薑花詩集》第 39 期，2021 年 12 月。

月食

你是我今生最大賭注——
對月大喊：去愛吧！
太陽闔起了眼睛

月引著海離開
我們不得不棄船
黑暗中　跟蹌回家

公車還未停駛
只再找不到
下一座站牌

世人皆行人
眼淚奪眶

輯四
唯思念倖免

無非海嘯
然你若愛
便成神蹟
盡墨　惡寒　似雪大臨

原載於《人間魚詩生活誌》第 3 期，2019年 12 月。

我沒有把握

我沒有把握
讓誰不感到為難　不感到毛孔
在盛夏夜裏閉鎖如那些可愛天使
用盡全力鼓譟卻又偽裝
天火來自瞳孔中不知名的一閃
那樣和平　寧靜
適合燃燒
千年的默契

我沒有把握讓誰
不感到失去。心的城牆上
蠹蟲慢慢蛀蝕
少時的天光　流言與詩集分別扮演
隆隆雷聲與閃電

輯四
唯思念倖免

我聽見誰　卻總遲於目睹
錯肩而逝的身影

我沒有把握將日月
為誰遮蔽得比難遇的全蝕更飽滿
總有一些光把深淵擦亮　彷彿
所有平潤的邊緣又重新銳利
公園中滑梯守候季節　而我
寧用啤酒反芻回憶一連串
瘦小的飽嗝　結局如黑夜與灰
逾齡魔毯般令人過敏
可何妨保暖　也遠走高飛

我沒有　而把握

也沒有,但似乎仍來得及——

平衡感向來渴望完美無瑕　無可言說

經緯　分秒　方位與敬意皆非虛構

千里一紙　迢迢如晤

一場雨

同時打溼遠山模糊的稜線

而我沒有　我真沒有

把握　拈開糾纏之燈芯

像落日為群山

點菸　平原上滿是自顧自走失的棋

停電的夜裏我總想像

如何敏捷短簡　步步救度此岸方格內

我臃肥慌亂的將軍:

輯四
唯思念倖免

他早已親見全世界都亮了起來
證實燭光從無把握
讓絕望更黑

2021 年 5 月 17 日定稿；原載於《乾坤詩刊》第 99 期，2021 年 7 月。

倖免

寂寞喊向群山
飛散的想像紛紛被擊落
抬頭仰望　植被萬布如
森羅火柴
你總充足眼中一切日照
摩娑半天
就引燃無窮盡
含雨的煙

可焚風喜將天空吹裂。浪花
是雲朵的碎片
每次翻湧　都教月光流淚
每一次流淚
異鄉都成了故鄉

輯四
唯思念倖免

遊子約定如期梗塞
時光的心肌
往事久聚難拆
詩人則習於隱而不宣
時刻併同草稿刪略
一如日常
再無可言說

群山回聲莫莫莫莫——
昔日落土的種子都已萌芽
夕霧再次由眼向海漫延
影子終自真實而成真實。
萬事萬物獵逃於詩人之命題
唯思念倖免

2020 年 2 月 2 日定稿於臺東縣長濱鄉金剛大道；原載於《乾坤詩刊》第 95 期，2020 年 7 月；選入《無聲的喧鬧——乾坤詩刊二十五週年紀念詩選》，葉莎、郭至卿、劉梅玉主編（現代詩卷），乾坤詩刊雜誌社，臺北市，2021 年 12 月。

對影

此生仍無機會踏上敦煌
縱使自己血液裏有滾滾的黃風沙。
撞倒不周山已是你我共同顫抖的震撼，
但我知道，河水由西向東奔流，終究沒能回到我身邊。

繞了一個大彎，黃河僅僅套住了荒蕪。
草根抓不住塵土，夾袍還靜靜掛在那裏
同馬革等待夕陽；張開手掌透著望，
便是不再日出的牢籠。
郵道很長，車轍延伸到天際
驛站珍珠般散落在流血的帝國
大軍奔往關外，餓殍路倒王土
開啟向未從屬下列字眼：糧倉、天牢與良知
俯臥乾草已是萬幸　鼠輩與我長揖

輯四
唯思念倖免

月齡圓缺與儒典都飛往夢境的另一端，傷寒挨著我沉沉睡去，祁連山正白著頭。

怒江朝著祝融奔流。雅魯藏布江出境後成為梵天之子。
十萬大山中豹子們在夜裏低吼，天上繁星彼此爭逐；
溼婆神在王座上冥想，於是萬物都有了氣息。
是個透著寒風的岩洞，嚴冬中雪花依著脖頸流淚，
右臂已經凍僵，嘴脣失去了當初吻向戀人的溫度。
宇宙還在不斷爆炸，聲波一陣陣衝破了眉心，
只剩心臟還緩慢而穩定的跳動。

呼喊過的名字，彼岸沒有回聲。
帕龍措的湖水將整座天空都吞入，日夜靜默無聲。
兀鷹盤旋而上，又一個靈魂抵達天堂。

諸神低下頭探詢，我終也成為祂們看遍眾生的一聲嘆息。

皮囊包著骨頭，還剩下什麼呢？

布達拉宮經輪不停地轉著，我又回身讓瞳孔攝盡輝芒。

怨憎必會，愛須別離，

河流由我們口中湧出，這些旺盛的疑問卻永遠映在水面

我愛妳，妳恨我，我恨你，你愛她，與我無關，無關於你。

辯經向來總是吵雜與哄笑相擁而舞。

對於愛情，雄辯是最微弱的抵抗；

視而不見也總被歸類到犯罪之中——

世故、卻恆常新穎稚嫩

愛意抽芽而生，僧袍覆滅了它

荼毗時，只有輕煙帶走了掛滿群山的呼喊。

輯四
唯思念倖免

漢土融著雪，南方窗櫺習於嵌入清脆的鸝轉
曲橋上蝴蝶飛過，午間吟詩宴引著日頭來浮大白
那年埋下的黃酒　鄰家閨女昨兒歸寧也便敲碎了泥封
胖崽兒來跳床　親朋們碗碗一飲而盡
衣襟上大片酒漬　山水潑了墨　柳絮帶著風
袍袖輕抹過嘴　腆著肚子　把油與淚背在身後
徐行　徐行。詩還未唱完呢
街徑上的塵土都已寧定
那些旗杆與石獅，都在天上覷我。

都在天上覷我，槍聲自我身上漸次匿跡
辮子散落桌緣，書信名冊都已焚淨
訣別了戀人，沒有一頂合適的帽子可以為我
遮蔽燃燒的暴雨。

王朝早成殘羹　一匙匙將冷去的故土
送入異獸的腹肚；所有人忍著飢餓，一併奉送。
啊，滿架的詩書啊，你們甚至舉不起我，舉不起
幾紙公車上書。
誰攔下午夜，不許刷新史事的城牆？
千年暗室。我說，一個頭顱便足以點亮
每一輪迴的燭台，我走，你會緊緊相隨嗎？

於是我來，又在數息中一一屈指。
沒有睜開眼，此刻季風尚未走遠，黑暗還太過明亮。
初始的爆炸聲你聽見了嗎？哭泣的少女
一個石頭這樣投入了海中，不落底
洋潮將帶著它直達世界盡頭

輯四
唯思念倖免

彼時，會是誰回到我身邊？

臣服於同一個密語：開啓

2013 年 2 月 22 日定稿；原載於《江山詩刊》第 2381 期，2019 年 4 月 14 日。

傘下

因為實在等得太久　所以
誤以為不再有機會繼續
期待　當我跳躍　地球便會在腳底
完成下一次自轉
你願回顧　就是我的飛翔

因為實在等得太久　所以我
寧願成為一個出處不明的句點
在太平洋星空中毫不起眼
你呼喚我　我便能長出尾巴　朝你
讓故事從流星開始擦亮

因為實在等得太久。所以
電塔們一致指向宇宙

輯四
唯思念倖免

似乎它們全部具備憤怒的理由
廣大平原上我們靠著
瘦弱的導體牽引
一起淋雨或臍語　總有幾股
含血的焦味

因為實在等得太久　在
風起的時刻　請你為我摒住呼吸──
所有文明生而覆滅，方舟在高山上擱淺
洪水已退
我們是艙底遺留物種的
最末兩體
實在等得太久

唯思念倖免

全然的黑暗太寂寞
循著洋流　樹根與椰子
為人生示現如何漂浪到家
誰又為你擠壓一座又一座山脈
在日常生活端上一杯
綿密劇烈的地震
明知早已無舟能暈　明知
時時有淚可乘

所以，等得太久讓我們
可以交換更多
記憶中滿滿詩句
卻無一首你曾
為它署名　而我

輯四
唯思念倖免

卻甘於成為書籤
輕薄　透明。每一次
翻閱　心臟都
隱隱跳動
每一次氧化
時光　都到達永恆

原載於《野薑花詩集》第14期，2015年6月。

射術

你沒有回訊　凌晨
街燈慢慢浸溼窗布　那些
成年人習以為常的黑暗並未如約
死守更深沉無夢的睡眠
發光的聲音我聽見　手機畫面踩過
枯葉般雙眼

見你便須逆流。但我應先覓得
一個專屬於你的河口。你的城市
連年乾旱而我在海島
日日演練如何不在雨季
寄居而成蕈類。但那其實仍值守候
張起傘　便能合理期待
該有季風含淚溫潤你

輯四
唯思念倖免

龜裂的懷抱

不願碎裂的美好都遙遠如史
袍袖鼓著風而我渾沌其中　藏一朵雲
餵養池湖河海　供你洗漱日常，順便
也映照灰撲撲的陽光　抖一抖
又是春暖花開　換走沿路
小縣城裏蒸發的青春
世界之夢何其巨大閃亮
赤腳又走過一日凹凸不平

沒有回訊　雲和舊憶也都空白一片
黑潮同冷氣團仍在繼續猜拳　我想我終究無法
成為某次賭注　為你贏來

茶　鹽　馬隊與整個山系
隨江馱上喜怒哀樂　梳理你
多年後某天
被細雨沾溼的髮
你是矢鏃　靶柱恆久升立
但我卻毫髮無傷

2013 年 4 月 21 日定稿；原載於《乾坤詩刊》第 91 期，2019 年 7 月。

刺槍術

是你告訴我當習刺槍術。樣子
那樣堅決自然,就像翻過手掌飯前檢查
你我的命運有無
髒汙 有無遮斷下一個萬年
愛情隆起的可能

你的背影將宇宙都吸入 包括我
而僅剩幾縷微光為夢境照明
真該早些練習的。回過身
你早以眼神竭力將天空刺穿
風暴自創口流滿整片黃昏
沙漠亙古無言

可我們本來自海洋

一流淚,海水就從我們眼底
將靈魂釋放

原載於《野薑花詩集》第 14 期,2015 年
6 月;選入《台灣 1970 世代詩人詩選集》,
陳皓、楊宗翰主編,小雅文創,臺北市,
2018 年 11 月。

輯四
唯思念倖免

冬至

那些濃厚無聲的醉意啊
一起床　漸漸磨成了一根墨色的針
藏著掖著不留意便把
心上的夕景　刺漏了整灘血

打上岸的浪頭已很寒涼
意念中　曾在沙岸上遺下的字跡也已
淘復如平。某些詩句
遠遠追趕不上日日離場的航班
在跑道盡頭　鐵網內外　河濱或橋頂
明明滅滅

多風季節中或許勾召幾枚晃亮
的日頭　有否關於來年

大片大片稻穗與高粱並肩搖曳的想像

提醒大霧之必要——

發光的酒液　總在雙眼中兌過

三千弱水

溫習過陌路　候鳥遲未飛返

對晴雨再無興趣。日以繼夜

思念是一滴將凝未凍的海水

浮有某座小小孤島

我在咫尺，你在天涯

2021年12月21日定稿；原載於《金門文藝》第73期，2022年5月。

輯四
唯思念倖免

朝潮

——記某個往成功沙灘漫步的秋晨

那日,天還未亮起
霧自野徑盡頭慢慢掩上
昨夜有雨嗎?萬物如此溼滑
夢散得三三兩兩,各自炎涼斷續
幸好還有一些露珠
全然透澈,夜以繼日

那麼多人造衛星一直繞個不停
我總期待有些恰能在你上空
說說大氣動靜,雲層厚薄
霧裏日光溫柔耀眼
循著濤聲,就能找到足跡

地圖仍然怯生生的

校準彼此距離所脫漏的等高線頭
也還沾在頸間提醒：
見山如是或不，心的土方
都還空在那兒
等誰標注

浪撫著岸的胸膛，朝日將至
短短幾分鐘也很好
海慷慨如舊，淚風乾過但心從未
霧散去了，夏天還在
趾間的砂
會一路跟著我們回家

2022年9月29日定稿；原載於《金門文藝》第74期，2022年11月。

輯四
唯思念倖免

如晤

如晤在布滿苔痕的螢幕。此刻　面容淡薄如
甲車急馳而過的碎石路　途中我以殘垣與彈殼
為詩　而再不以涕淚與唾沫。
親愛的　你須知
影子倒向何方　便讓命運就此發芽──
如何體察身為星系中心　是何等重要
所有武器皆已向你呈繳
我願視死如歸　大踏步搶登
地雷飽和　豪雨的灘岸

如晤在春日大霧之中。遠方船笛與霧礙
正朗聲對話　而我還四顧茫然於
昔日踅往港邊小徑的起點
彼時晴光大好　碧空無盡

薔薇爭相攀越任何可視與不可視的牆頭
但求見你一眼；可塔樓上
無人細嗅亦無人成虎。
親愛的　我不過是一具
老敗的皮囊　幻想額間有字
昂首長嘯　便甘願縱躍歸山

如晤在天空破裂之鏡像。誰人聽說
將貝殼重新排列　便能召喚忘佚的祕密？
海洋終究會失憶吧，日子啊
依舊一波又一波插隊推擠
泡沫上岸　都是往事刷白的遺骸
親愛的　我們寓影於此　我們深陷其中
碎散之前　請記得那些微妙精潔的虹光

輯四
唯思念倖免

都來自你我曾映照彼此
氤氳的眼裏

如晤於四散的意念。無所不在於窗櫺　戶樞
筆尖與過猶不及之棄稿
親愛的
我們吟詩將毅然斷句如大醉舞踏之人
扣下扳機似掀過一頁未讀完的小說
繼續篤信全宇宙終將聯合起來
幫助一顆真心渴望回到沙丘的塵埃
而我當是新月　早早自你右食指尖剪落
只為荒置於某段關於闇或夜之困局
微笑　照明　聊資如晤

2022 年 3 月 14 日定稿於金門縣金湖鎮；
原載於台灣詩學《吹鼓吹詩論壇 49 號》，
2022 年 6 月。

成為

——春寒,在山外

我要成為更脆弱的自己
如金沙溢漫無人踏足的祕境
無關盈握或驚豔
不在乎陷落與踩踐
毋須沾附萬物
亦必針尖般
光芒四射

我要成為更寒冷的自己
再不無度追索烈日
而願就此佇定
讓月光層層灼傷
不懷人於群峰之外
不隨處俯身

輯四
唯思念倖免

創啟溪河湖海
我要成為更擺盪的自己
如暴風雨後切割萬千天空的洋面
每面都讓閃電劈向靈魂
碎沫會長出雙腿
緊隨陌生船艦奮力奔跑
不再開口傳遞
下一則童話
我要成為更堅韌的自己
不再是深淵　任誰與誰凝視
不再迴返　追悔無止盡之懷疑
在攀爬時始終望向天空

即使墜落
也確保全心全意

我會成為更模糊的自己,或霧本身
在上坡路筆直鋪滿醉意
洞見任何視野
任憑曲折遮蔽之所有想像
安然歸巢,免於傷恨
但甘心在記憶斷裂處忽略
忽略 而繼續邁步

輯四
唯思念倖免

2023 年 2 月 26 日定稿；原載於《金門文藝》第 75 期，2023 年 5 月。

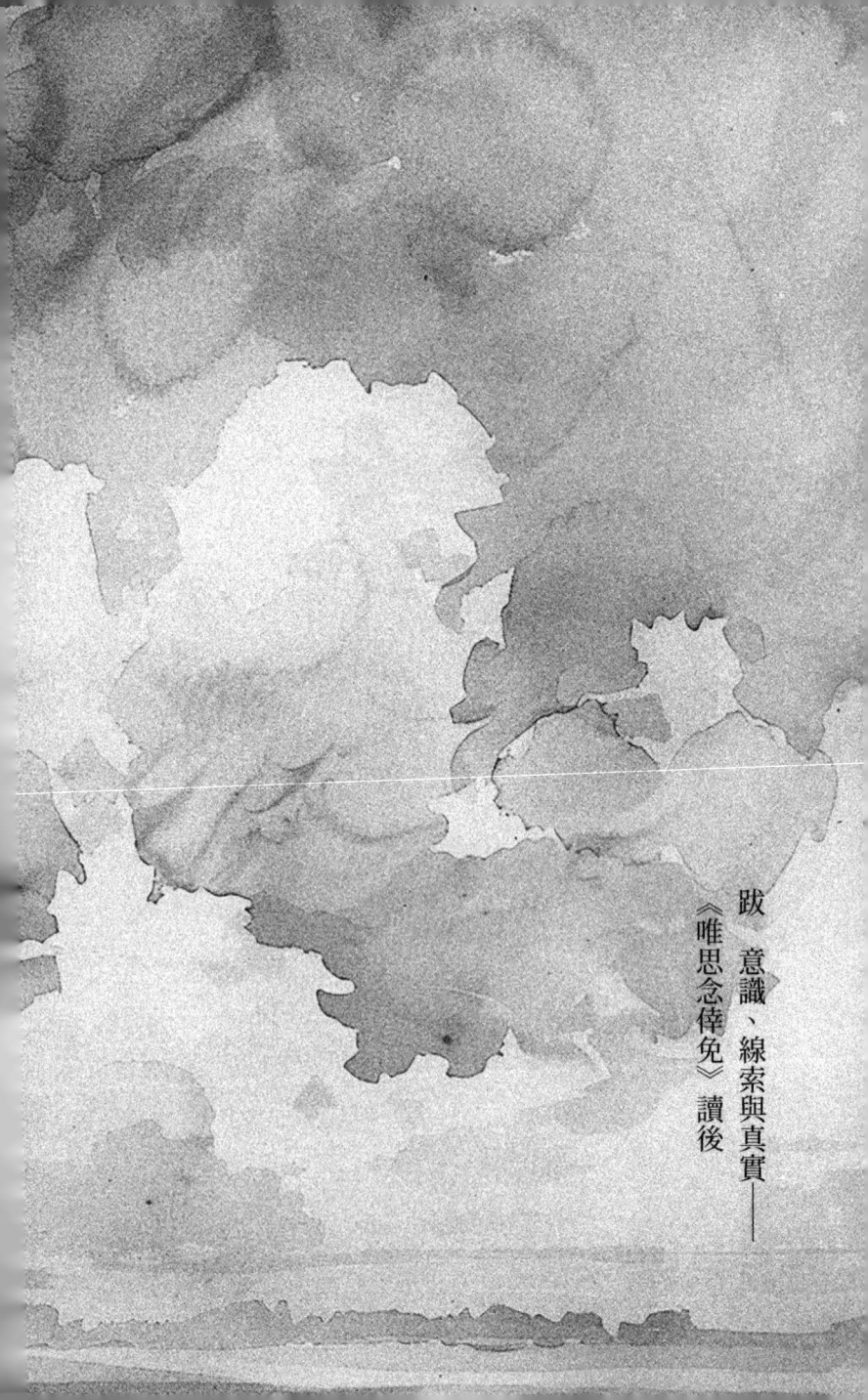

跋 意識、線索與真實——《唯思念倖免》讀後

跋 意識、線索與真實──《唯思念倖免》讀後

汪啟疆

一

洪書勤先生這本《唯思念倖免》詩集，猶若其個人時間所繫結的繩結；營造與構建若大片蛛網，黏存了極多豐繁飽滿之生活碰觸體。

由於洪詩思維意識的龐細不一，各個線索與真實漲飽了不同張力與內涵，每易產生詩路閱讀的困惑和追趕他文字的清釐與努力，所以在進入整體賞析前，我必須先行為自己提供一副觀賞眼鏡作為奠基導向，

跋
意識、線索與真實

以清晰洪書勤先生澄澈一貫的創作脈絡。那即是輯一首篇〈衵裎〉、輯四首篇〈禱詞〉的清晰、真摯、簡明、飽滿，以之映對作者全書各篇「湧泉般不斷溢出及湧現」的暗示、譬喻、告白之詩作厚度，這才是洪書勤的詩質真實面貌。

首先讀〈衵裎〉，洪書勤思維與詩的出發點：

「緊裹著我的衣服昨天你才穿過
今日之死卻已將我一路送進明天
你愛我，或不
宇宙都遼闊地
躲在每一個你曾打開的衣櫥」

詩題〈衵裎〉，但內容密契於「物體、時間、空間、我」之探尋與關係。日子一直重複著衣服的更迭預備，具有卡夫卡般藏匿和尋索，

洪書勤鍥而不捨自即有或舊悉的一切內,不斷發掘他所要穿的、所想有的,且具有何等急迫又何等焦慮的工而又工、尋而又尋,以確定他詩作的全妥與穩當。而另一首〈禱詞〉更是深情注入的表述了⋯

「夜貓是你,我則
是雨季將乾的水泥地
願你踱過　此去無論霜暑晨昏
都用一生印記你
淺淺的足跡」

他以自己身軀來印記所在,渴望及等待一個凝視,而形諸固定的確切痕跡,這該是他的創作態度。但凡在生命過程中永誌不忘的、僅存的、真實的擁有,才能同量保存了空間(將乾的水泥地)、時間(寒暑晨昏的一生)、你、我,完成了簡單沉甸的足跡與心靈疊印的永恆。

跋
意識、線索與真實

這兩首短詩，我個人是將之作為進入洪書勤會創作的踏門階，所必須的兩枚鑰匙。明白了這本詩集是一位現役軍人詩觀的基調，才能較為深確的在他勤奮多思、真實營造的複體意象與多體孳生的變貌內，接受他對詩本身所作提煉、渲色、捶化、縮結的眾多生命箔片、悲喜面目，他掙扎頓悟後的文字擇煉。他的詩，就如蛛網外延內聚的糾纏和誠實。

二

我之所以敢於在接到洪書勤電話、就慨然答應為他詩集寫些感受，主要因為我們同是軍人！我很迫切想讀現役的他，一位陸上財務部門已獨當一面的軍官，軍旅中寫出了怎樣的胸襟情懷，甚或鬱結憂心。我構想出一位年歲內屢次壁虎斷尾、蜻蜓咬尾的取捨矛盾者所蛻化的素質形塑。沒有比詩更誠實的坦述和自剖了，而且我們（他和我）

不像蛇的蛻化後遁入潛伏，而是昂首在蛻皮上展現自己。讀他的創作，我絲毫不存提出意見，而是要欣賞新貌。洪書勤給我的新貌竟是驚豔和驚駭，我竟極不容易進入他的創作密室與蟻穴。他寫得太緊，我常會在他的創作中掙扎搜窺，直到我想懂了──茶葉已質變了自己（我要嗅找味道，不能祇觀形狀）。

洪書勤的詩密度強烈，必須在沸水與等待中，讓詩句段落不竭的浮沉、釋放還原，泌現另一個已不屬茶樹、而是自己烘焙、變形、所出的獨特風格（味道）。就如他寫〈天意〉：「為我繫滿繪馬 花圈戈迪安之結」之後，引述出一連串的「我等──我等──我等──我等──我等」輻射式迸出各樣思迴、期許、盼望⋯⋯最終卻是「⋯⋯家鄉 由遠而近／盡數收攝你我在漸短的菸頭／鹽柱依舊潔白／吸口氣／便有一丁點兒永恆之光」。我佩服他的文字緊密，又各具所指的意涵，我是是跟蹭得很累的。

讀詩猶如獨坐。「折疊身體／影子切分音般沿著我／敲擊萬象

跋
意識、線索與真實

深得獨坐的味覺了。我個人竟感到輯一「離岸的，都將如願抵達」之〈袓程〉、〈天意〉與〈獨坐〉似已為這本詩集三錘定音。洪書勤進入了一個個生活思索中的反覆烙印，「遠方是沿路／遺落而吹散的皮屑」是極深沉又茫逸的。《唯思念倖免》這本詩集，處處隱有一股股疼痛或釋放所摀緊了的吶喊。他的每首詩，獨坐而反覆琢磨，都凝視著信諾、期盼、與非結論。他都有出口，但在哪裏，就要讀者用心了。

洪書勤似乎以生活體膚情思，呈現著自己無限漫溢的詩之禪性。他文字會微縮、卻又展開，對比著螺旋式的意識扭緊的效果，由默坐之處鬱結或明澈出焚熾不憩的洞見。「念頭死去而得復活／無一不以各種角度閃擊邊境」，這該是他詩的出口之一。讀他的詩，絕不能忘掉他的軍人心志，這已屬他職業工作的潛意識，也是他與其他詩人的區隔所特具的位置高度。「眾生仍在苦苦拼貼／自己掌中碎裂的版圖」，而他已能寫出：

「割下我的頭顱吧。拋出去
像是雲將天空摔落在水坑　於是
短暫時刻裏我們有了整個銀河系」

「像頭顱那樣割下麥穗　風將血痕捲上高空
讓閃電敲擊怨懟：
誰睜大眼睛預言覆滅？誰交易自己雙腿
讓時間繼續跋涉不存在的天涯？」

這是他在〈王座〉內說的。這是軍人之詩，也是洪書勤詩之頭顱內的王座所在。他有一顆大我之心。

跋
意識、線索與真實

三

輯二「時間即牢獄」、輯三「世界一新即舊」是同一枝幹分叉而生的，Y形同述體，時間與世界綻現出不同的青春剖析。書勤很有意思，他在時間範疇作出自由狩獵，再於世界內將新與舊作了自處的泰然。

在時間內，末日竟是「公車一輛輛離開／卻再沒有我的班次」的錯愕；而問答竟結果出「若非空白／你我便為倒影本身」的存在，甚至廚間「在爐底　我倆都熟睡了」顛覆性的溫謐，出於灰燼澱存了歸屬。洪書勤取材多面，觀察多元，繁華而多稜角，更屢藉對比來蔓生立體。他屬性為一份全新的、多面思觸以作表白的、且敢於變裝幻飾在不同詩作、環境、時段、遭遇及敘情中，他內裏變異如妖怪，甚具舞台效果，演化內觀，詩的許多段落所出所入有若鬼魅夢域。

「安靜是必須的。」

「睡眠裏 人們習慣帶著火柴注視我」

「一年之中總有幾場夢境該要全黑」

「持穩天平與劍是必須的。」

「教鞭之棄絕是必須的。」

「確保轉播車之激越與甜美也必須。」

「以死亡佯裝如火的愛憎更是必須。」

「被伏滅也總是必須的。」

「妖怪所必須熟知的唯一守則：

佯裝，為人。」

〈乘願〉內各類鬼魂生靈們的詮釋與必須，洪書勤檢視了與其完全不同的不是與是，撤出一大張時間網罟，收攏在「只因人身可貴」的乘願上。他臣服「最末一次呼吸後」蛹化的輕盈如新，完成自己對

跋
意識、線索與真實

時間的狩獵。

「世界一新即舊」的洪書勤已在另一枝椏張出另面網罟來述說他對所不捨之一切的纏繞。他這隻蜘蛛黏住飛臨的任何意象，顫動的加以回應、保存。我想他在以軍中財務管理、經營累積了太多知曉，作出消化、再生。唯思念倖免，實是世界一新即舊的外衣反穿，將舊具替，有其新與一成未變的永恆。而我們也並非一成不變，他的新舊具有某些新生代頗難感受的老價值──例如國殤。〈乾杯〉是「那些奉命不能流的淚／……／比鎢絲更輕易被燒斷的／下一段日出」，心底價值充沛了生命觀中的永恆如新。他在寫物換星移，他在寫心中源頭。他寫的〈俟苗〉：「死是隔離／是等待某種透明／成為事實」。他寫了〈在疫中〉：「此時此刻　選擇消失如此容易／心事遍布銳角　幼及長至老而死／在日與日之夾縫內等待發掘／如化石　如你未必願意憶起之昨日」。他寫〈夢話〉：「你睡了／我卻得繼續醒上／整輩子」，寫老兵的〈客〉：「投水　潛向意識和夢境的底層」。他寫〈大霧〉

中的母親仍「在四起的鼾聲之中前進　再前進」，山中的父親「您並非無話可說　我也是」。在這輯詩內，洪書勤心絲縷縷，更懷念了瘂弦、辛鬱；我認為他該將兼致瘂弦〈深淵〉，改為〈船中之鼠〉更為妥貼。

四

唯思念倖免，是可以念作唯、思念、倖免。一切都避不過某些挑戰、禍患、生死、成敗與破碎⋯⋯，但思念則是跨時空的存在，有著規避和保存的珍惜。或者，洪書勤在例舉他價值內的極度不捨與生命拱護、私心切盼的某些無禍無瑕的情貌。在任何時間都祈求不受傷害，免於憂患，而致攤開於心靈，又將之抱負在胸口。

他終於去打靶了。他的倖存又可解釋為戰爭的未曾發生（烏克蘭的死亡，俄羅斯的死亡，該所懼怕的不是死亡，而是摧毀⋯⋯）。所

跋
意識、線索與真實

以他必須去打靶，去預備，去參與，去作個捍衛者與軍人。〈命案〉就是對戰爭暗示性反映：靶紙、愛、未歸零的步槍、膛線、準星都一一出現，他進行著最祥和的敘述過程，濃縮了他遠方戰火的思念思考，批評了自己射擊體認的精微舉止，以從靶場震撼內冷澈下來。他以詩內未顯的擴張力，投射在對臺灣倖存的緊繫中，這是我所領受深刻的。更高興的則是洪書勤用他個人的戀愛感知，寫出〈我們安靜對話的時刻〉是「蝴蝶收藏飛，夜趕赴雨／記憶或令燈塔漂浮　鐘擺凝止」「所有可見或隱匿的視線都將在／盛綻的足跡中誕生」。他善用戰爭（命案）和愛情（對話）作出對比，一如思念倖免的意涵；他的詩因之繫住了思念，也表白了倖免。

我尊重愛情（讀者們也可以將洪書勤的愛情對話的人比擬為臺灣），我也經歷軍人那不容捨離的孤獨（面對職責與任務：成為打靶者及靶標），我懂得洪書勤未寫出的「愛一個女子就是製造一個戰爭寡婦」的心情，痛楚、悲愴和浪漫！我們以這份天地悠悠、不負如來

不負卿的矛盾而屹立臺灣和臺灣海峽。我略過不談〈對影〉，因這種思念無法倖免，略過〈傘下〉、〈如晤〉而接觸到〈刺槍術〉，洪書勤完成了思念倖免中最美麗的告白來面對著自己！

「你的背影將宇宙都吸入　包括我
而僅剩幾縷微光為夢境照明
真該早些練習的。回過身
你早以眼神竭力將天空刺穿
風暴自創口流滿整片黃昏
沙漠亙古無言

可我們本來自海洋
一流淚，海水就從我們眼底
將靈魂釋放」

跋
意識、線索與真實

洪書勤以一個劈刺，簡單必要的戳中了你我的心，更在刺槍術的主題中彰顯了海洋效應。

五

最末來談〈逆時計〉。詩集四輯就都見足了各別內容，甚至以相當用心營造了境界和各題詩魂，或流動或固態，有可知、有必須去解開的結。甚或讀者如我般，帶著迷惑和迷宮道路的思索，作出若干路徑上的止步。但「一山的雨／淋醒了／一山的石頭／／石頭的醒／是全身的／與一般／只醒著眼睛／不醒身體／不一樣」（梅新·詠石詩第一首）已說過了這份「隔」與「不隔」，而我就似這樣的摸索，脈絡或隱或顯，我必須更大認識洪書勤才能更多瞭解他詩作所要給我的那種醒澈，因為他思想的沉負甚重。詩，就都很重。

但〈逆時計〉我祇能說是在屢屢的重讀後而不得入。強烈感覺到

是洪書勤故意創造了這本詩集書寫的另類性,以散文詩筆觸完成了自介。繁密、複雜、攣肢、隱喻⋯⋯極度醇厚也極度濃稠,黏緊任何類我型的蚊蚋所掙找的通路。我衹能說,〈逆時計〉本身是充沛於他那種「我說了算」的風格表白,有紛紛典故與導向,有凝固了又詭異萬變的魅力與漣漪效應。他所自訴的這些內容,找不出線頭來牽引出一幅完整錦繡了的絹布(D-9 DAY──D DAY)。從 D-9 DAY 開始,他就開始刺繡,但展給我們看的卻不是正面人物風景,而是背面亂針坦現的辛苦面貌和真實──真實如古代羅馬帝國划槳奴背上鞭撻所賁起的血痕、傷口,紊亂、經歷及緘默之形成。在他苦鬱孤獨的跋涉過程中,如何找到自己。他明白自己的懂得,別人的不懂得,所以他最終語言終止於:「你說了算」。

你看到什麼是什麼,你說出什麼就是那樣。他在〈逆時計〉裏發出對自己的種種質問與自我解答。這些質問,正是詩的質問、生命的質問、官僚體系的質問、自己對自己的質問。環境現實中我雖努力爬

跋
意識、線索與真實

梳洪書勤〈逆時計〉繡幅背面亂針形成的心路歷程，而正面就是輯一到輯四的容貌姿態，亦就是他詩創作各具有的精神效應。我們都欠缺全面，而各就所見的來寫詩，讀來各別有所見解，進而整理出洪書勤。「靶柱恆久升立／但我卻毫髮無傷」，就如他二○一三年的〈射術〉、二○二二年的〈如晤〉，信心與膽識就是他的成長。

六

洪書勤和汪啟疆是兩個在軍中隔代又隔代的詩之作者，一個是財務專業，另個習於作戰與航海，兩個斷代軍旅且有巨大差異的職責，各別塑造出不同詩作形式。書勤的多元、敏銳、豐繁、知性，認真的努力度、自由度，給予我很大震撼與羨慕。他已是一隻軍中詩人的領頭羊或是唯一職業軍人的詩的文創者，我極度渴望洪書勤的持續，因為他自己已寫出了「宇宙都遼闊地／躲在每一個你曾打開的衣櫥」。

唯思念俸免　　　　　　　　　　　　松香— 11

作者　洪書勤
書籍設計　朱疋
校對協力　林靈
總編輯　賴凱俐
出版　松鼠文化有限公司
地址　260024 宜蘭縣宜蘭市黎明三路一段 57 巷 20 號 4 樓
電話　(02) 2234-2783
服務信箱　squirrel.culture@gmail.com
Facebook　facebook.com/squirrel.culture
法律顧問　陳倚箴律師
印務經理　曾國勳
印刷　沐春行銷創意有限公司
總經銷　紅螞蟻圖書有限公司
地址　114066 臺北市內湖區舊宗路二段 121 巷 19 號
電話　(02) 2795-3656
傳真　(02) 2795-4100
初版一刷　2024 年 9 月
定價　新臺幣 350 元
ISBN　978-626-96976-1-8
Printed in Taiwan · All Rights Reserved

※ 著作權聲明
本書之封面、內文、編排等著作權或其他智慧財產權均歸松鼠文化有限公司所有，或授權松鼠文化有限公司為合法之權利使用人，未經書面授權同意，不得以任何形式轉載、複製、引用於任何平面或電子網路。

※ 本書如有缺頁、破損或裝訂錯誤，請寄回本公司更換。

國家圖書館出版品預行編目(CIP)資料

唯思念俙免 / 洪書勤作. -- 初版. -- 宜蘭市：松鼠文化有限公司, 2024.09
216 面；12.8×19 公分. -- (松香；11)
ISBN 978-626-96976-1-8(平裝)
863.51　　　　　　　　112021729